tredition

AF201990

„Durch bewegter Schatten Spiele
zittert Lunas Zauberschein,
und durchs Auge schleicht die Kühle
sänftigend ins Herz hinein."

- Johann Wolfgang von Goethe

Für Oma,
denn die elfte Rauhnacht steht für Dankbarkeit.

Christine Kulgart

Rauhnachtsfeuer

Eine *Rauschberg* Geschichte

tredition

Impressum

© 2023 Christine Kulgart
Website:
https://christinekulgartschreibt.blogspot.com/
Covergrafik gestaltet von: Christine Kulgart

Druck und Distribution im Auftrag der Autorin:
tredition GmbH, Heinz-Beusen-Stieg 5, 22926
Ahrensburg, Deutschland

Das Werk, einschließlich seiner Teile, ist
urheberrechtlich geschützt. Für die Inhalte ist
die Autorin verantwortlich. Jede Verwertung ist
ohne ihre Zustimmung unzulässig. Die
Publikation und Verbreitung erfolgen im Auftrag
der Autorin, zu erreichen unter:
Christine Kulgart, Im Wiblinger Hart 128, 89079
Ulm, Germany.

ISBN Paperback: 978-3-384-06689-3

Inhalt

Vorwort

Schon als Kind haben mich die Rauhnächte mit ihren vielen Mythen, Märchen und Ritualen fasziniert. Was passiert „zwischen den Jahren", wenn die Welt stehen zu bleiben scheint und der Schleier zwischen den Welten so viel dünner wird?

Nach der Veröffentlichung von *Rauschberg* habe ich mich direkt an die Fortsetzung gemacht – bis ich mich daran erinnert habe, dass mein geliebtes Ruhpolding (die Hauptinspiration für „das Dorf") sogar einen Rauhnachtsmarkt hat. Und wer könnte die zwölf heidnischen Rauhnächte besser feiern als Theo und seine Familie?

Dies ist keine direkte Fortsetzung, sondern mehr eine zusätzliche Geschichte. Sie hangelt sich an den zwölf Rauhnächten und ihrer jeweiligen Bedeutung entlang. Ich habe mich dabei von dem Buch „Vom Zauber der Rauhnächte: Weissagungen, Bräuche und Rituale für die Zeit zwischen den Jahren" von Vera Griebert-Schröder und Franziska Muri inspirieren lassen und mich auch an deren Deutungen der einzelnen Nächte gehalten.

Die Rituale und Traditionen, die in diesem Buch erwähnt werden, gab es wirklich. Oft sind sie aber von mir frei interpretiert worden. Ich hoffe, dass die Geschichte von Theo und Florian meinen lieben Lesenden durch die dunkle Jahreszeit hilft und sie vielleicht auch dazu inspiriert, diese ganz besondere Mondzeit zur Reflektion zu nutzen.

Was bisher geschah

Rauhnachtsfeuer ist eine Zusatzgeschichte zu meinem Debüt-Kurzroman *Rauschberg*. Der junge Adlige Florian von Hohenstein trifft bei einem Jagdausflug mit seinem Onkel auf Theo Kaiser, der mit seiner Familie fernab vom Treiben im Dorf auf dem Rauschberg lebt. Zufällig erfährt Florian, dass der Bär, der gejagt werden soll, eine ganz besondere Bedeutung für das Dorf und für Familie Kaiser hat. Gemeinsam mit Theo rettet er die Bärin am Rauschberg und findet endlich den Mut, sich gegen seinen konservativen und lieblosen Onkel aufzulehnen. Er beginnt sein eigenes Leben im Dorf und fängt noch einmal ganz von vorne an.

Wenn dich die Geschichte von *Rauschberg* interessiert, findest du sie als Hardcover (ISBN 978-3-7108-7191-7) oder als E-Book (ISBN: 978-3-7575-7408-6) beim Buchhändler deines Vertrauens.

Prolog

Mit dem Winter zog oft die Traurigkeit ein.

Lange, dunkle Tage schienen zähflüssig dahin zu fließen wie Öltropfen aus einer Kanne – klebrig, schmutzig und unerwünscht. Das Jahr lag im Sterben, und mit jedem letzten Röcheln stieß es Sturmböen, Hagel und Eis aus. Jeder Morgen begann nebelverhangen und ohne jegliches Licht, und jeder Tag endete in verfrühter Dunkelheit.

Im Schein der kleinen Gaslaterne auf seinem Schreibtisch saß Florian über einem Stapel Bücher, der in die Regale der kleinen Dorfbibliothek einsortiert werden musste. Seit der November über die Region gezogen war und er sich nicht einmal mehr erinnern konnte, wann die Sonne zuletzt geschienen hatte, begleitete ihn ein Schatten von Trauer, beinahe wie ein Mantel aus Spinnweben, den er nicht abschütteln konnte. In der dunklen Jahreszeit dachte er stets an seine Eltern, egal wie lange es schon her war, dass sie verstorben waren. Er dachte an ihr Grab, welches er schon so lange nicht mehr besucht hatte. Und er dachte an all die vergangenen Weihnachtsfeste, die er mit ihnen geteilt hatte.

Früher hatte er sich nach dem Duft von Tanne und Kardamom gesehnt und hatte es kaum erwarten können, dass seine Mutter die alten, geschnitzten Krippenfiguren und Holzengel aus dem Kasten vom Dachboden holte, um sie mit ihm zusammen aufzustellen. Wo waren diese Figuren nun? Vermoderten sie auf dem Dachboden eines verlassenen Hauses? Florian bezweifelte, dass sein Onkel sentimental genug gewesen war, um sie zu sich zu holen.

Die Weihnachtsfeste in der Residenz des Herzogs von Hohenstein waren beinahe steril; ein Theaterstück, welches nur für die illustren Gäste aufgeführt wurde und wo jedes Mitglied des Haushalts – inklusive Florian – eine feste Rolle hatte. Diese Art von Weihnachtsfest würde er nicht vermissen. Denn im Herzen des Festes sollte doch Wärme und Behaglichkeit glühen: keine teuren, sinnlosen Geschenke oder ein ganzes gebratenes Wildschwein auf dem Tisch.

Es war nun schon mehr als zwei Monate her, seit er das Haus seines Onkels, welches ihm seit dem Tod seiner Eltern ein Zuhause gewesen war, ausgezogen war. Trotz all des Reichtums, mit dem er aufgewachsen war, hatte es nicht viele Kisten gebraucht, um sein Hab und Gut einzupacken. Und die meisten Kisten, die er hierher gebracht hatte, waren voller Bücher gewesen – viele davon aus der Bibliothek seines Onkels, dem einzigen Ort, der sich warm und wohlig in dem Anwesen angefühlt hatte.

Mehr als zwei Monate waren vergangen, seit er Theo Kaiser, den Jungen, der hoch oben am Rauschberg wohnte, getroffen hatte und mit ihm zusammen eine Bärin und ihre Jungen vor dem sicheren Tod bewahrt hatte. Die Zeit war so schnell verflogen – vielleicht, weil er sich so selten erlaubte, in den Wirren seines eigenen Verstands zu waten .

Doch die Gedanken holten ihn ständig ein – vor allem, wenn er abends alleine in seiner kleinen Wohnung über der Bäckerei saß und zusah, wie die Lichter des Dorfes langsam erloschen. Nie war er sich seiner Einsamkeit so bewusst wie in diesen endlosen Abendstunden, in denen sein Blick immer wieder aus dem Fenster und hinauf zum Rauschberg wanderte.

An manchen Orten stimmte der Ausspruch, dass das Beste an ihnen der Ausblick war. Doch es war so dunkel, dass er den Gipfel kaum erahnen konnte, und ihm auch der letzte Zipfel Trost entglitt.

Langsam blutete der November in den Dezember, und plötzlich schien Leben in das Dorf zu kommen. Schnee bedeckte die Hausdächer und die Baumkronen, und Schnee lag so dicht auf seiner Fensterbank, dass er die bemalten grünen Fensterläden kaum öffnen konnte. Tannengrün schmückte die Laternenpfähle und Hauseingänge, und eine seltsame Vorfreude lag in der Luft.

Nichts davon berührte Florian. Wie in Trance ging er seiner Tätigkeit in der Bibliothek nach, und sogar die Besuche seines Freundes Theo, die im Winter seltener geworden waren, munterten ihn kaum auf.

Bis er eines Tages eine kleine Engelsfigur, geschnitzt aus dunklem Holz, auf seinem Schreibtisch fand.

Kapitel 1 – Wintersonnenwende

Florians Finger glitt über die Details der kleinen Holzfigur: mächtige Schwingen, so filigran, dass er jede einzelne Feder erkennen konnte. Ein geschlechtsneutrales Gesicht mit feinen Zügen und Augen, die ihn fast schon verurteilend ansahen. Ein langes Gewand, jede einzelne Falte so filigran geschnitzt, dass es schien, als wäre es tatsächlich Stoff. Auf dem Kopf – das Haupt voller Locken, die auf schmale Schultern hinab fielen – ruhte ein Kranz aus Tannenzweigen und Zapfen. Dieses kleine Detail verriet ihm, wer die Figur dort auf seinem Schreibtisch in der Bibliothek gelassen hatte.

Auf dem Weg zu seiner Wohnung schloss sich seine Hand immer wieder um den kleinen Engel, der kaum so groß wie sein Zeigefinger war und dennoch so viele Details aufwies. Ohne es zu merken, hielt Florian inne und starrte auf die Figur, während einzelne Schneeflocken sich in den geschnitzten Locken des Engels verfingen.

„Theo hat den für dich hier gelassen. Hübsch, oder?"

Florian hob den Blick und blinzelte. An der Tür zur Bäckerei lehnte eine junge Frau, deren dichtes, rotes Haar unter einer Wollmütze versteckt war. Sie war die Tochter des Bäckers und half, wo immer ein weiteres Paar Hände benötigt wurde. Mal beim Verkaufen von Brot, mal bei der Auslieferung an die Gasthöfe, und sogar in der Backstube, wie sie Florian mit einem Zwinkern verraten hatte.

„Warum ist er nicht geblieben, Leni?" fragte Florian verwundert, bevor sein Blick wieder auf den Engel fiel.

„Der Weg nach oben dauert noch länger, wenn es schneit. Und in letzter Zeit warst du nicht sehr gesellig." Helene, wie Leni eigentlich hieß, hob die Augenbrauen und zupfte ihren Mantel zurecht, als eine kühle Brise an ihnen vorbeizog. Florian erzitterte. Er ließ den Engel in seine Tasche gleiten und verschränkte die Arme vor der Brust.

„Findest du?"

„Du bist ein alter Griesgram geworden. Aber ich weiß, was dir hilft. Komm morgen mit zum Sonnenwendfeuer unten am Berg – das wird dich aufheitern!"

„Sonnenwendfeuer? Ist denn schon Sonnenwende?"

„Du verbringst viel zu viel Zeit zwischen deinen Büchern, Flo. Natürlich ist es schon so weit – bald ist Weihnachten!"

Helene lachte, bevor sie den Kopf schüttelte.

„Ich hole dich morgen ab – und keine Widerrede, Florian."

Er bezweifelte, dass er die Energie dazu gehabt hätte.

*

Wie umgekehrte Sternschnuppen schossen Funken des Sonnenwendfeuers in den Himmel, als Leni und Florian am Fuße des Bergs ankamen. Einige der Bauern stellten ihre Kutschen zur Verfügung, um die Dorfbewohner durch den Schnee zur Feuerstelle zu transportieren. Zusammengepfercht mit anderen war ihnen kaum aufgefallen, wie kalt der kürzeste Tag des Jahres tatsächlich war – umso mehr, je näher man dem Rauschberg kam.

Hier, nahe der Berge, nahm man die alten Traditionen und Bräuche noch ernst. Offiziell begannen die Rauhnächte am Tag nach dem Heiligen Abend, doch so mancher würde behaupten, dass die Wintersonnenwende diese ganz besondere Zeit einläutete. Eine Zeit voller Neubeginne, voller Magie, die durch den dünnen Schleier zwischen den Welten in das Hier und Jetzt eingeladen wurde. Florian erinnerte sich gut an die Geschichten, die ihm seine Mutter früher vor dem Zubettgehen erzählt hatte: Geschichten von Dämonen, die mit lautem Glockengeläut aus den Städten und Dörfern getrieben wurden, und Geschichten von der Wilden Jagd, die hoch über den Wolken mit Schellen und Schwertern über den Himmel zog.

Ebendiese Geschichten wurden nun auch am Lagerfeuer erzählt, wo sich Kinder an die Knie der Dorfältesten schmiegten. Florian blickte in Gesichter, die ihm mittlerweile vertraut waren und in andere, die er nie zuvor gesehen hatte. Selbst in einem so kleinen Dorf waren die Monate, die er nun dort lebte, nicht genug um jeden einzelnen Dorfbewohner zu kennen.

„Gespenstisch, findest du nicht?", flüsterte Helene in sein Ohr und deutete zu den kahlen Bäumen, die wie Skeletthände zwischen den Tannen hervorlugten.

„Es sind nur Bäume."

„Griesgram." Leni stieß Florian mit der Schulter an, bevor sie ihn näher an das Feuer heranzog. In der Ferne läuteten Glocken, die die Dämonen des Winters hinfort scheuchen sollten. Stumm betete Florian, dass auch seine Traurigkeit endlich vertrieben werden würde.

„Leni, komm!"

Einer der jungen Männer aus dem Dorf reckte seine Hand zu Helene, und sie ergriff sie, damit sie gemeinsam über die niedrigen Flammen des Feuers springen konnten. Es war ein Brauch, den er nur von den Johannis- und Martinsfeuern kannte – doch jedes Feuer konnte reinigen, und er nahm an, dass die Wintersonnenwende auch einen Wandel, eine Transformation ankündigte. Florian blieb zurück und zog seinen Mantel enger um seinen Körper. Jetzt, wo er wieder allein war, fröstelte er doch.

„Kommst du auch?", fragte eine Stimme hinter ihm, und er fuhr herum.

Zu seiner Überraschung erblickte er Theos Gesicht,

hell erleuchtet von den Flammen. Wie immer hatte sich der junge Mann unbemekert an ihn herangeschlichen. Zugegebenermaßen hatte er nicht erwartet, ihn hier zu sehen. Doch was wusste Florian schon von Theo Kaiser, dem Jungen, der am Gipfel des Rauschbergs lebte und vor dem sogar Bären das Haupt beugten?

„Wohin?"

„Verbrenn' dich nicht."

Theos Hand schloss sich um Florians, als er ihn zum Sonnenwendfeuer zog. Nur einmal sah er ihn warnend an, bevor er seine Hand hob und stumm drei Finger in die Höhe hielt. Der Duft von verbranntem Holz und von Rauch kitzelte in seiner Nase, und die Hitze schlug ihm entgegen – noch intensiver als zuvor gegen seine kalten Wangen.

Eins, zwei, drei…

Theo gab ihm nicht die Möglichkeit, zu zögern – nicht, wenn ihre Hände ineinander verschränkt waren. Sie sprangen und landeten auf der anderen Seite, während Funken und Asche aufstoben. Florian stolperte – dann atmete er aus, beinahe so, als hätte er vergessen, wie gut sich freies Atmen anfühlte.

„Alles gut?"

Theo hielt noch immer seine Hand – sehr offensichtlich unwillig, sie loszulassen.

„Ich... ich weiß nicht."

Man sagte, dass Feuer eine reinigende Kraft hatte – und vielleicht stimmte das auch. Langsam kam Florian zu sich und drückte die kühle Hand in seiner, bevor er losließ.

„Auf neue Anfänge", sagte Theo leise, und in dem Flackern der Flammen konnte Florian ihn lächeln sehen.

Kapitel 2 – Vom Himmel hoch

Über die Feiertage hinweg war die Bibliothek geschlossen. Doch die anfängliche Furcht vor der Einsamkeit und Traurigkeit, die Florian gespürt hatte, hielt nicht lange an. Tatsächlich hatte sie nur zwei Tage lang angehalten, in der Zeit vom Sonnenwendfeuer bis zum Tag vor Heiligabend, als er die Dorfbibliothek zum letzten Mal abschloss. Er hatte getrödelt, das musste er zugeben. Zwei Mal hatte er alle Fenster überprüft und sichergestellt, dass jede Gaslampe und jede Kerze erloschen war. Sein Manuskript über die Bärensage hatte er sorgfältig verschlossen und die Bücher in den Regalen noch einmal mit einem Besen abgestaubt.

Der Himmel war tintenschwarz, als er den Schlüssel in das Schloss schob und ihn herum drehte. Einmal, zweimal, dann ein kräftiger Zug am Türriegel, um sich zu vergewissern, dass die Tür tatsächlich fest verschlossen war.

„Hast du eine Hand frei?"

„Meine Güte, Theo!"

Bereits zum zweiten Mal fuhr Florian voller Schrecken herum und starrte seinen Freund an, der die Fähigkeit besaß, sich so leise wie ein Reh anzuschleichen. Nun hob er die Hände beinahe abwehrend, auch wenn sich seine Miene nicht veränderte.

Das tat sie selten, so viel war Florian in all den Monaten schon aufgefallen. Die scharfkantigen Züge des jungen Mannes, die ihn oft an einen wilden Greifvogel kurz vor dem Angriff erinnerten, zeigten stets eine gewisse Gleichgültigkeit gegenüber der Welt. Nur selten schlich sich ein kleines Lächeln auf seine Lippen, oder eine Sorgenfalte zwischen seine Brauen.

Immer wenn letzteres geschah, wollte Florian nichts mehr, als diese Falte mit seinem Finger glätten.

„Hast du jetzt Zeit oder nicht?"

„Wofür denn? Und was machst du hier?"

„THEO? Was tust du denn dort?"

Ein großer Mann, der Theo noch um einige Zentimeter überragte, löste sich aus der Dunkelheit. Er hatte die gleichen dunklen Augen wie Theo und ebenso dunkles Haar, welches mit grauen Strähnen durchzogen war. Sein wettergegerbtes Gesicht verschwand beinahe unter dichten Brauen und einem noch dichteren Bart, während er einen großen Holzkasten in den behandschuhten Händen hielt.

Theo drehte sich um, und seine Schultern sackten ein wenig ab, bevor er sich an die Gewohnheiten der meisten Menschen erinnerte, wenn sie einander zum ersten Mal sahen.

„Das ist Florian", verkündete er, wobei er auf den anderen jungen Mann deutete als sei dieser eine Attraktion im Zirkus.

„Ähm... hallo?"

„Heinrich Kaiser. Theos Vater", stellte der Mann sich vor und streckte Florian die Hand hin. Der feste Griff ließ Florian fast zurückweichen, doch er schüttelte Herrn Kaisers Hand tapfer.

„Theo hat viel von dir erzählt. Hast du nichts zu tun? Dann hilf uns, die Kisten zur Kirche zu tragen."

Er wartete gar nicht ab, bis Florian geantwortet hatte, sondern drückte die Kiste, die er selbst gehalten hatte, in die Arme des jungen Mannes. Ohne weitere Worte kehrte er den beiden Jungen den Rücken zu und lief zurück zu den beiden Pferden, die Florian jetzt erst auffielen. Theo stieß ihn leicht an, dann folgte er seinem Vater, um ebenfalls eine Kiste in Empfang zu nehmen.

„Müssen wir den ganzen Weg dort hinauf?", fragte Florian und legte den Kopf in den Nacken, Vom Vorplatz des Pfarrhauses, in dem die Bibliothek lag, führte ein serpentinenförmiger Weg zur Kirche hinauf.

„Und was genau transportieren wir hier?"

„Knochen, gestohlen aus den Gräbern der Heiligen."

Florians Augen weiteten sich in stillen Grauen, bis Herr Kaiser laut auflachte.

„Das hast du nicht wirklich geglaubt, oder? Es sind die neuen Krippenfiguren, die der Pfaffe haben wollte. Ich habe sie nicht früher fertig bekommen. Mit den ganze Schneerutschen gab es viel Arbeit auf dem Berg."

Florian war sich nicht sicher, was er antworten sollte und nickte nur. Stumm folgte er Theo und seinem Vater den Weg hinauf, wobei er versuchte, so ruhig wie möglich zu atmen. Er wollte auf gar keinen Fall aussehen, als ob ihn das Tragen der Holzkiste übermäßig anstrengte – auch, wenn es das tat.

Nach einer kleinen Ewigkeit kamen sie endlich vor dem Portal der Kirche an, welches sich sofort öffnete. „Da sind Sie ja!"

„Nur die Ruhe. Heiligabend ist erst morgen." Herr Kaiser ließ sich nicht von dem aufgeregten Pfarrer aus der Ruhe bringen und führte die kleine Parade an, ohne den Mann eines weiteren Blickes zu würdigen. Er wusste, wo die Figuren platziert werden würden: Im Seitenflügel, auf einer hölzernen Plattform. Der Stall war noch der gleiche, nur die Figuren wurden ausgetauscht.

Herr Kaiser stellte seine Kiste auf die nächstbeste Kirchenbank und deutete den Jungen, es ihm gleich zu tun, dann löste er vorsichtig die Lederriemen, die den Deckel auf der Kiste hielten, und hob diesen an.

Erleichtert seufzte Florian, als seine Hände sich nicht mehr an das Holz klammerten. So unauffällig wie möglich schüttelte er seine Arme aus, bis er Theos Blick auf sich ruhen spürte.

„Ich dachte, du trägst Bücher."

„Aber keine steilen Berge hoch!", protestierte Florian.

„Also wenn du den Berg schon steil findest, dann hast du morgen wohl etwas vor dir…"

„Morgen? Was ist denn morgen?" Verwirrt sah Florian seinen Freund an, während Herr Kaiser hinter ihnen die ersten Figuren aus ihrem Strohbett nahm.

„Oh, hab ich dich nicht gefragt?"

„Was gefragt? Theo?"

„Ob du Weihnachten – und die Rauhnächte – bei uns oben auf dem Berg verbringen willst."

Zu spät erinnerte sich Theo, dass er Florian an dem Tag, an dem er den Holzengel auf dem Schreibtisch des anderen gelassen hatte, fragen wollte. Er presste seine Lippen zusammen und wandte sich ab, um die Holzkiste, die er getragen hatte, zu öffnen.

Wie vom Blitz getroffen stand Florian da und starrte Vater und Sohn an, die sich in ihrem Gebahren doch sehr ähnelten, als sie die

Holzfiguren Stück für Stück aufstellten. Mit einem leisen Seufzen öffnete Florian die letzte Kiste und hob den Deckel an.

Aus dem Stroh heraus blickten ihn drei kleine Engel an, die genauso aussahen wie der, der nun auf seinem Nachttisch ruhte. Vorsichtig nahm er die Figuren aus dem Stroh und trug sie zur leeren Krippe, wo Herr Kaiser bereits Hirten und Schafe aufgestellt hatten. Die Figuren unterschieden sich nur leicht in der Art und Weise, wie sie gestaltet waren – manche hatten mehr Details, andere wirken stabiler und doch realistisch.

„Theo hat die Engel geschnitzt. Und die Marienstatue", erklärte Herr Kaiser leise und deutete auf die kleine Figur der Maria, die im Stall kniete. Der hölzerne Schleier wirkte so dünn, als sei er tatsächlich aus Stoff.

„Ich weiß", antwortete Florian leise, und dann lächelte er.

„Herr Kaiser! Herr Kaiser, die Kerzen!" Der Pfarrer eilte aus dem Seitenschiff, einen Korb voller Kerzen in der Hand, die er an Herrn Kaiser weitergab. „Geweiht, wie Sie sich das gewünscht haben."

Herr Kaiser brummte zufrieden, ehe er den Korb an sich nahm und eine der Kerzen herausnahm, um sie mustern.

„Danke", meinte er schließlich, ehe er sich zum gehen wandte.

„Und ein gesegnetes Weihnachtsfest!" rief der Pfarrer ihm winkend hinterher, was Florian schmunzeln ließ. Eines musste man Männern der Kirche lassen – sie gaben niemals so schnell auf, egal wie unfreundlich man zu ihnen war.

Zu spät bemerkte er, dass auch Theo seinem Vater folgte, und schnell schloss er zu den beiden auf.

„Hey, Theo – steht die Einladung noch, oder hast du sie zurückgenommen?"

Kapitel 3 – Die erste Rauhnacht

„Sag deiner Mutter, dass ich sie liebe, aber dass ich nie wieder aufstehen kann."

Verschlafen schlug Florian die dicke Decke zurück und blinzelte in das helle Tageslicht, welches bereits in das kleine Zimmer fiel. Hier oben, in der Hütte der Kaisers, war der Platz begrenzt. So begrenzt, dass er sich gestern noch mit Theo gestritten hatte, da sein Freund ihm das Bett anbieten wollte. Stattdessen hatte Florian es sich mit Kissen und Decken auf dem Boden vor dem Bett bequem gemacht, satt und glücklich von dem Festmahl, welches Theos Mutter ihnen am Vorabend – dem Heiligen Abend – aufgetischt hatte.

„Sag es ihr doch selbst."

Theos Stimme kam nicht vom Bett. Er stand an der kleinen Kommode und wühlte durch die Schublade, um ein passendes Hemd zu finden. Erst jetzt bemerkte Florian die eisige Brise, die durch das offene Fenster zog. Fröstelnd verschwand er wieder unter der Bettdecke, bis er sich an die Unterhaltungen des letzten Abends erinnerte.

Heute begannen die Rauhnächte – zwölf Nächte voller schwerer Bedeutungen, voller Magie und voller Hoffnung.

Hoffnung, die er gut gebrauchen konnte.

Auch wenn er kaum Zeit gehabt hatte, um traurig zu sein. Nach dem Krippenfiguren-Abenteuer hatte er gepackt und den Morgen des Heiligen Abends damit verbracht, kleine Geschenke für seine Gastgeber zu besorgen, bevor er sich an den Aufstieg machte. Theo hatte ihn auf halber Strecke bereits erwartet, fast genau dort, wo sie einander im Herbst während der Bärenjagd getroffen hatten. All das, was dort geschehen war, fühlte sich so an, als sei es schon vor Jahren passiert und nicht erst kürzlich. So viele Dinge waren seitdem geschehen, dass Florian kaum Zeit gehabt hatte, das Erlebte zu verarbeiten.

Stillstand gab es auch auf dem Rauschberg nicht – nicht einmal am Tag nach dem Heiligen Abend.

„Steh auf, es gibt noch viel zu tun."

Theo hatte endlich ein Hemd gefunden und zog es sich über den Kopf, dann zog er Florians Decke weg.

Die Hütte der Kaiser-Familie war zweistöckig, was beinahe schon luxuriös in der kargen Umgebung erschien. Eine Treppe führte hinauf auf einen Balkon, der nun dick mit Schnee bedeckt war. Über der Haustür hingen mehrere Gamsschädel und die Dachschindeln waren reich verziert. Die Kammer und Küche gingen ineinander über, mit selbstgebauten Möbeln und einem großen Kamin, dessen Wärme sich rasch ausbreitete. Die Stiege nach oben war schmal, und Florian hatte sich gestern bereits den Kopf angeschlagen, als er zum ersten Mal hinaufkletterte. Hier befanden sich die beiden Schlafkammern, und ein dritter Raum, in dem Herr Kaiser seine Schnitzwerke lagerte.

Werkzeug, Waffen und Lebensmittel befanden sich in einer kleineren Hütte neben dem Haus, gleich gegenüber des Stalls, in dem Hühner zusammen mit einer alternden Kuh, einigen Schafen und fünf Ziegen lebten.

Florian wusste noch nicht so recht, wie er in das enge Gefüge der Kaiser-Familie passte. Die drei kannten ihre Routinen und jeder wusste, welche

Aufgabe er zu erledigen hatte. Am einfachsten war es, Theo zu folgen und zu hoffen, dass er nicht im Weg stand.

Und so kam es, dass er gegen Nachmittag mit einem Eimer voller Ziegenfutter auf dem Weg zum Stall war, während Theo bereits Körner an die Hühner verteilte, die im Schnee herum pickten. Florian stieß die Stalltür auf und rümpfte ein wenig die Nase, als ihn der typische Moschus- und Heuduft entgegenschlug.

Ein plötzliches, lautes Meckern ließ ihn zusammenfahren – nur Sekunden bevor die Hörner einer kleinen Ziege gegen seine Knie stießen und ihn damit beinahe umwarfen.

„Hildie! Ich hab dich schon vermisst!", rief er aus und streichelte das Tier zwischen den Hörnchen, während die Ziege versuchte, seine Hose zu essen. Florian nahm an, dass das auch ein Zeichen von Zuneigung war.

„Du bekommst ja schon Futter", lachte er und stieß Hildie sanft zur Seite, damit er den Inhalt seines Eimers in die Tränken leeren konnte.

„Beeil dich, es dämmert bald", rief Theo vom Hof.

„Na und?" Florian griff in den Eimer und hielt eine Handvoll Stroh zu Hildie, deren raue Zunge sofort über seine Handfläche glitt. Sein Freund erschien im Eingang es Stalls, nur eine dunkle Silhouette gegen das schwindende Tageslicht.

„In den Rauhnächten geht man nach der Dämmerung besser nicht mehr aus dem Haus." Er sagte das mit solch einer Bestimmtheit, dass Florian es kaum wagte, die Aussage zu hinterfragen. Er streichelte noch einmal Hildies Kopf, bevor er Theo wieder nach draußen folgte.

In den Fenstern der Hütte brannten bereits Kerzen – jene, die der Pfarrer ihnen gestern überreicht hatte – und Herr Kaiser stand mit zwei Fackeln an der Tür, die er den beiden jungen Männern überreichte. Im Gegenzug nahm er die Eimer entgegen.

„Du weißt, was zu tun ist", sagte er nur zu Theo, und sein Sohn nickte und zog Florian am Ärmel mit sich.

„Was genau tun wir?"

„An jeder Seite des Hofes muss ein Feuer brennen. Das schützt vor der Wilden Jagd."

Im Schein des Feuers sah Theo Florian ernst an, und der junge Adlige begann langsam zu verstehen, warum man Theo im Dorf den *Hexenjungen* nannte. Hier oben am Rauschberg praktizierte man Traditionen und Rituale, die im Dorf längst ausgestorben waren. Fast schien es, als ob die alten Geschichten hier noch lebten – wie jene von der Wilden Jagd, die auf ihren Schlachtrössern während der Rauhnächte durch den Himmel ritt. Sie sammelten die Seelen der Verstorbenen und Verloren ein, doch bisweilen nahmen sie auch jene, die nicht willig waren, und zwangen sie, Teil des Wilden Heeres zu werden. Als Kind hatte Florian solchen Geschichten atemlos gelauscht, wenn seine Mutter ihm vorlas. Doch er hatte niemals geglaubt, dass in den meisten Sagen und Legenden ein Funken Wahrheit versteckt lag.

„Fang du dort an, und wir treffen uns wieder genau hier." Theo deutete nach rechts, während er selbst nach links abbog. Und tatsächlich fand Florian an jeder Seite des Hofes eine kleine Feuerstelle, die er mit seiner Fackel entzünden konnte. Funken flogen gen Himmel, der sich immer weiter verdunkelte, und eine friedliche Stille begann sich über den Berg zu legen, als er gemeinsam mit Theo zurück zur Hütte lief.

Sie löschten ihre Fackeln und betraten den Wohnraum, in dem es nach einer kräftigen Rinderbrühe, die Frau Kaiser gekocht hatte, duftete. Dazwischen erkannte Florian noch einen anderen Duft, der in jedem Möbelstück zu hingen schien – ein vertrauter und doch fremder Duft nach Räucherwerk.

Im Hause seines Onkels hatte Florian die Stille gehasst, denn sie hatte sich angefühlt, als sei er bereits lebendig begraben. Doch hier war die Stille anders – beruhigend, fast schon verheißungsvoll.

Kapitel 4 – Die zweite Rauhnacht

Wie in der vergangenen Nacht begann Frau Kaiser bei Einbruch der Dämmerung die geweihten Kerzen, die sie in jedem Fenster platziert hatte, anzuzünden. Sie tat dies im Uhrzeigersinn, ein langes Schwefelhölzchen in ihrer Hand, welches sie mit der anderen Hand vor der Zugluft schützte. Leise summte sie vor sich hin, während die Kerzen flackerten, bis sie das Hölzchen ausblasen konnte.

„Theo, Florian – zündet ihr die Fackeln draußen an?", fragte sie und blickte die beiden Jungen, die in einem Kartenspiel vertieft gewesen waren, an. „Dein Vater rupft das Huhn für das Abendessen."

Theo nickte und warf die letzte Karte auf den kleinen Stapel zwischen ihnen – eine Geste, die gleichzeitig das Spiel besiegelte.

„Warum gewinnst immer du?", murrte Florian, ohne dass er tatsächlich wütend darüber war. Er konnte nicht sagen, dass er viele Karten- oder Brettspiele in seiner Kindheit gespielt hatte. Das

Leben als Einzelkind in einer Adelsfamilie war oft einsam gewesen.

„Weil du nicht aufpasst", antwortete Theo und stand auf, um eine der Fackeln im Kaminfeuer zu entzünden. Vorsichtig reichte er sie an Florian weiter, bevor er nach der zweiten Griff.

Das kleine Gehöft wurde auch heute Nacht von Fackeln umgeben, die die Umgebung hell erleuchteten und ihren Schatten auf den frisch gefallenen Schnee warfen. In der letzten Nacht hatte Herr Kaiser erklärt, warum sie das taten; seine Worte an Florian gerichtet, der die alten Bräuche nicht kannte. Das Licht hielt das Böse vom Hof, und es diente jenen, die Zuflucht suchten, als Hoffnungsschimmer – die Wilde Jagd hatte er im Gegensatz zu Theo nicht erwähnt.

„Kommt denn jemand in den Rauhnächten hier hinauf? Der Aufstieg ist doch sehr beschwerlich?" fragte Florian nun, als er Theo folgte, um die Fackeln im Schnee zu überprüfen und neu zu entzünden. Der Wind rauschte in den umliegenden Bäumen und heulte um die Hütten herum, fast so, als würde die Wilde Jagd tatsächlich ihre Ankunft ankündigen. In der Ferne krächzte ein Rabe, und das Geräusch ließ Florian schaudern.

„Selten. Im letzten Winter kam einer, der sich verlaufen hatte. Er hatte Glück, dass die Nächte so mild waren. Aber diesmal glaube ich nicht, dass jemand hier hoch kommt."

Tagsüber hatte es nur ein wenig geschneit, und Florian hatte begeistert zugesehen, wie die Flocken vor dem Fenster tanzten. Die Aufregung der ersten Rauhnacht hatte sich gelegt, sodass sich die Rituale heute beinahe schon so anfühlten, als hätte er diese zwölf Nächte schon immer gefeiert.

Zuhause waren diese beiden Tage nach Weihnachten immer sehr geschäftig gewesen: Besucher kündigten sich an und brachten weitere Geschenke, und der Tisch im Esszimmer schien niemals leer zu werden. Auch beim Grafen von Hohenstein wurde weiter gefeiert, obwohl Florian sich zumindest am zweiten Weihnachtsfeiertag stets in die Bibliothek zurückgezogen hatte.

Hier am Rauschberg zu sein – mit Theo und seiner Familie – fühlte sich wie eine Auszeit an, obwohl sein Leben kaum besonders unruhig war. Er hatte sich an die Abläufe seines neuen Lebens im Dorf gewöhnt und ging gerne zur Arbeit.

Dennoch waren die Tage, an denen er Theo traf, immer etwas ganz Besonderes – ebenso besonders, wie ihm nun gegenüber zu sitzen und ein Teil dieser sonderbaren und dennoch so liebevollen Familie zu sein.

Leider hatte dieses familiäre Beisammensein auch einen Nachteil. Als er später wieder auf seinem Nachtlager ruhte und an die Decke starrte, dachte er an seine eigenen Eltern. Und Florian dachte daran, wie ihre Gesichter immer fremder erschienen, wenn er an sie dachte. Das kleine Gemälde, welches er von ihnen besaß, hatte er weit aus seinem Sichtfeld verbannt, damit er nicht ständig daran erinnert wurde, wie allein er doch war.

Doch hier oben fühlte er sich nicht alleine. Obwohl die Kaisers – bis auf Theo – beinahe Fremde waren, fühlte Florian sich willkommen und geborgen – und mit diesem Gedanken schlief er schließlich ein, während die Fackeln im Wind der Nacht flackerten und seltsame Formen auf den unberührten, frisch gefallenen Schnee warfen.

Kapitel 5 – Die dritte Rauhnacht

Florian konnte sich nicht daran erinnern, jemals einen so klaren Sternenhimmel gesehen zu haben. Gemeinsam mit Theo war er auf das strohbedeckte Holzdach geklettert – eine rutschige Angelegenheit, denn das Dach war dicht mit Schnee bedeckt, und an der Dachkante hingen Eiszapfen, die bei jedem Lichteinfall wie die Klingen von Schwertern aufblitzten. Letztendlich hatten die beiden es hinauf geschafft und saßen nun dicht nebeneinander auf dem flachen Dach, während sich der Himmel wie ein diamantbesticktes Samttuch über ihnen erstreckte.

Theo hatte ihm einen Finger auf die Lippen gelegt, als sich die beiden hinausschlichen, denn sie brachen die unausgesprochene Regel, dass man in den Rauhnächten das Haus nicht mehr verlassen sollte. Laut Theo war das Auslegungssache: Sie verließen schließlich nicht den Hof, und waren immer noch geschützt von den Feuern, die sie vorher entzündet hatten.

So weit wie nur möglich legte Florian den Kopf in den Nacken und blickte hinauf zu den Sternen und dem Mond, den heute nicht eine einzige Wolke verdeckte. Die Konstellationen des Winterhimmels waren ihm wohl bekannt, denn sein Onkel hatte einen astronomischen Globus in der Bibliothek. Als Florian in dem großen Anwesen angekommen war, hatte eine dichte Staubschicht das gute Stück bedeckt, und er hatte Stunden damit verbracht, den Globus zu reinigen und sich die Konstellationen einzuprägen: Orion, der Fuhrmann, der große und der kleine Wagen, der Schwan, und viele andere. Nun schienen sie so nah, dass er dachte, er müsse nur nach oben greifen, um einen Stern vom Himmel zu pflücken.

Was würde er damit tun?

Ihn Theo geben, wahrscheinlich.

„Der große Bär", sagte Theo neben ihm und deutete auf die Konstellation.

„Natürlich ist es für dich der Bär", schmunzelte Florian. Das Abenteuer rund um die Bärin und ihre Jungen, das sie zusammengebracht hatte, steckte ihm noch in den Knochen.

„Was soll ein Wagen dort oben? Der Bär passt viel besser", verteidigte Theo sich schwach, auch wenn sich seine Stimme nicht veränderte.

„Wie geht es den Bären?"

„Sie halten Winterruhe."

Theo sah zur Seite und betrachtete Florian stirnrunzelnd. „Ich dachte, das wüsstest du."

Florian zuckte nur mit den Schultern und blickte weiter hinauf in den Himmel. In den vergangenen Tagen hatte es immer etwas zu tun gegeben, aber nun gab es nur Theo, den Mond, und ihn selbst. Der Wald rauschte rund um sie herum, doch das lenkte ihn nicht genug ab. Wie so oft kroch die Trauer wieder seinen Rücken hinauf, wie Nachtfrost an einem Baum. Er konnte sich nicht dagegen wehren, doch heute hatte er auch nicht das Gefühl, dass er das müsste. Hier oben am Rauschberg erschien es ihm ein wenig leichter, die Trauer einfach zuzulassen.

Jede Nacht vor dem Schlafengehen hatte er an seine Eltern gedacht, die ihm zwischen den Jahren stets so viel näher waren als sonst. Und jede Nacht hatte er versucht, die Gedanken wie unerwünschte Gewitterwolken wegzuschieben. Nicht heute.

„Ich möchte ihr Grab besuchen", sagte er plötzlich in die Stille hinein.

„Wessen Grab?" Theo lehnte sich vor, um Florian besser zu verstehen.

„Das meiner Eltern."

Erst jetzt fiel ihm auf, dass er Theo nie von seinen Eltern erzählt hatte.

„Vermisst du sie sehr?"

Es war so typisch Theo, dass er sich nicht darum kümmerte, ob Florian ihm etwas verheimlicht hatte und stattdessen direkt auf den Punkt kam.

„In dieser Zeit immer sehr. Und ich habe ihr Grab nur ein einziges Mal besucht…"

„Ist es weit weg?"

„Ich bin mir nicht so sicher…"

„Wir könnten gehen, wenn der Schnee schmilzt. Du, meine ich…"

„Würdest du denn mitkommen?"

Florian sah Theo an, und dieser nickte leicht.

„Das… das wäre schön."

Vielleicht waren diese Nächte voller Magie genau dafür da: um zu verstehen, was getan werden musste, und wohin ihn seine nächsten Schritte führen würden.

Theos Kopf landete sanft auf Florians Schulter, und er sah seinen Freund überrascht an, bevor er sein eigenes Haupt dagegen lehnte und die Augen schloss, um die Symphonie der Nacht auf sich wirken zu lassen.

Kapitel 6 – Die vierte Rauhnacht

„Nein, nein, von dir weg, nicht zu dir!"

Theo griff nach der Klinge, die Florian über das Holz in seiner Hand gezogen hatte – und dabei war er so hastig, dass er sich beinahe selbst geschnitten hätte.

„Vorsicht!" rief Florian und ließ das Messer los.

Sie saßen in der Stube, die angenehm vom Kamin gewärmt wurde – satt von einer weiteren Mahlzeit, die Elisabeth Kaiser gezaubert hatte. Man sagte, dass die Mühlen in den Rauhnächten still stehen mussten, und das hieß, dass ein jeder stets nur zum Zeitvertreib arbeitete. Herr Kaiser ging nicht seiner täglichen Arbeit nach, sondern werkelte nur um die Hütte herum. Am Abend saß er neben seiner Frau und schnitzte an Figuren, die er nicht an die Dorfkirche geben würde, während Elisabeth neben ihm strickte oder nähte. Manchmal schnitt sie auch nur gedankenverloren Gemüse, das sie am nächsten Tag kochen wollte oder hackte Kräuter, deren Duft die gesamte Hütte füllte.

Florian wusste nicht viel über Theos Mutter, auch wenn sie weitaus gesprächiger als ihr Ehemann war. Doch wie ihr Sohn selbst schien sie stets einen unsichtbaren Mantel voller Geheimnisse zu tragen, mit dem sie sich umgab. Er fragte sich, was sie dazu bewogen hatte, alles hinter sich zu lassen und hier hinauf auf den Berg zu ziehen – fernab vom Dorf und dessen Bewohnern, und stattdessen Herz an Herz mit der Natur und all ihren Tücken.

Er war sich sicher, dass Frau Kaiser jeglichen Eindringling – egal ob Mensch oder Tier – abwehren konnte, sei es mit Worten oder dem nächstbesten Gegenstand. Man musste schon aus einem ganz besonderem Holz geschnitzt sein, um in der rauen Umgebung des Berges zu überleben.

Er selbst würde wohl keinen Tag alleine hier oben schaffen – und auch wenn er den Gedanken nicht aussprach, war er sich sicher, dass Theo und sein Vater ihm sofort zustimmen würden.

In der vierten Rauhnacht hatte Theo beschlossen, Florian das Schnitzen beizubringen – eine Entscheidung, die er nun bereits bereute, denn der andere junge Mann schien nicht sehr talentiert, wenn es um handwerkliches Geschick ging. In den vergangenen beiden Nächten hatte er Herrn Kaiser und Theo immer neugierig beobachtet, während die beiden an ihren Werken schnitzten. Es hatte so einfach ausgesehen, doch nun zweifelte er an sich selbst.

„Schau zu", befahl Theo und nahm seinem Freund den Holzblock weg, ohne auf Florians Schmollen zu achten.

„Erstens fasst du die Klinge so an... und dann schnitzt du von deinem Körper weg, nicht zu dir hin. Siehst du?"

Florian nickte und streckte bereitwillig seine Hände wieder aus, um die Gegenstände wieder an sich zu nehmen.

In all den Jahren hatter wenig bis kaum mit den eigenen Händen gearbeitet. Der Standesunterschied zwischen Theo und ihm war ihm vorher nicht so sehr aufgefallen. Doch nun war er ganz in der Familie eingespannt, und bekam Aufgaben zugeteilt, die er vorher noch nie ausgeführt hatte. Jeder Tag lehrte ihn eine neue Lektion – manchmal ein neues Rauhnachts-Ritual, und manchmal eine alltägliche Arbeit, die ihm bei weitem nicht so leicht von der Hand ging wie Theo.

Die Schnitzerei faszinierte ihn, denn Theo und sein Vater schienen wahre Künstler zu sein, wenn es darum ging, ein Lebewesen aus einem Stück Holz zu zaubern. Bei Florian sah das Ganze schon anders aus – er wusste nicht einmal, wo er beginnen sollte.

„Was soll das denn werden?" fragte Theo – so direkt wie eh und je, mit einem Stirnrunzeln zwischen den dunklen Brauen.

Florian seufzte und ließ die Schultern hängen.

„Ein Bär."

„Vielleicht solltest du mit etwas einfacherem beginnen. Ein Mond vielleicht? Wie dort, schau!" Theo zeigte nach oben. Im Fensterrahmen hingen mehrere kleine Holzmonde in verschiedenen Größen an Wollbändern. Sie schwangen über der Kerze, die sich in der Scheibe spiegelte, leicht hin und her und warfen ihren Schatten auf die Fensterbank.

Frau Kaiser beobachtete die beiden jungen Männer mit einem Lächeln, bis sie schließlich ihre Arbeit beiseite legte und aufstand. Sie zog ihr gestricktes Schultertuch enger um sich, während der Rock ihres Hauskleides über den Boden schleifte. Mit flinken Fingern pflückte sie einen der Monde von den kleinen Haken, die im Holz eingehämmert waren und reichte ihn an Florian weiter.

„Hier – als Modell. Und wenn du magst, darfst du ihn gerne behalten. Als kleine Erinnerung an uns." Sie lächelte Florian an und streichelte leicht seine Schulter, bevor sie sich wieder an die Arbeit machte. Überrascht sah Florian ihr hinterher . Erst dann fiel sein Blick auf den Mond in seiner Handfläche: ein typischer Sichelmond, mit einem liebevollen Lächeln auf den geschnitzten Lippen. Fast so, als hätte man Frau Kaisers eigenes Lächeln eingefangen.

Florian holte tief Luft und legte den Mond vor sich auf den Tisch. Dann begann er, das Messer vorsichtig von sich weg zu führen und versuchte, die geschwungene Form zu imitieren.

Kapitel 7 – Die fünfte Rauhnacht

„Du hast wirklich zwei linke Hände, Junge."

Herr Kaiser schüttelte den Kopf und stützte sich auf die Schippe, mit der er Löcher in den schneebedeckten Boden gegraben hatte. Er hatte Florian schon eine Weile beobachtet und war sichtlich beunruhigt, wie der junge Mann mit der Handsäge, die man ihm gegeben hatte, umging. Erst gestern hatte er beim Schnitzen kläglich versagt, und obwohl er stets seine Hilfe anbot, war seine Tatkräftigkeit mehr Hindernis als Unterstützung.

Florian war sich noch nie so sehr seines Standes bewusst gewesen wie auf dem Rauschberg. Das Essen war stets reichlich und nahrhaft, und dennoch ganz anders, als er es kannte. Die Daunenbetten waren weich, aber die Hütte wurde recht zugig, wenn der Wind um den Berg heulte, als ob die Wilde Jagd gerade ein Pferderennen am Rauschberg abhielt. Die Arbeit war hart – so viel hatte er gesehen, bevor er überhaupt seine Hilfe angeboten hatte. Zwar hieß es, dass alle Mühlen und Räder in den Rauhnächten still stehen sollten, aber manche Arbeiten mussten trotzdem verrichtet werden. So wie das Aufstellen der v-förmigen Schneefallen, die das Dorf vor Lawinen schützten, indem sie den rutschenden Schnee aufhielten. Gerade bei starkem Schneefall waren Bergrutsche nicht ungewöhnlich, und während nur wenige Tiere bei diesem Wetter auf den Weiden zu finden waren, wohnte doch so mancher zu nah am Berg, um den Schneemassen zu entkommen.

Auf dem Weg hierher hatte er kurz innegehalten, denn verschneit am Wegesrand stand ein Grabstein, dessen Schrift von Wind und Wetter bereits leicht verwittert war. Zunächst hatte Florian den Stein nur für einen Wegweiser gehalten, doch die Daten darauf waren klar gewesen – es handelte sich um einen Gedenkstein.

„Holzknechte leben gefährlich – ein falscher Schritt, und es ist zu Ende. Aber das kann dir auch im Tal passieren", sagte Herr Kaiser hinter ihm und klopfte ihm auf die Schulter. Ob er den Verstorbenen, an den der Stein erinnerte, gekannt hatte, verriet er nicht.

Florian hatte nicht daran gedacht, wie nah sie dem Tod doch waren – wie ironisch, da der Himmel oft zum Greifen nah schien, wenn Theo morgens das Fenster öffnete und die kühle, frische Bergluft hineinließ. Hier oben gab es keine Kriege, keine Krankheiten, keine Duelle im Morgengrauen. Aber es gab raue Winde, steile Abhänge, Bergrutsche und Lawinen, umfallende Bäume und wilde Tiere.

Die Natur, so schön sie auch war, forderte manchmal ihren Tribut.

Herr Kaiser wusste, was er tat. Vor allem in den Sommer- und Herbstmonaten gehörte er zu den Gruppen von Holzknechten, die rund um das Dort arbeiteten. Holz war eine wichtige Handelsware, egal ob zum Bauen oder zum Heizen. Es wurden stets Bäume gefällt und über die Riesen – aus Stämmen erbaute Rutschen – ins Tal befördert. Im Winter nahm man auch Schlitten, um bereits zugeschnittene Baumstämme hinab zu befördern. Es war harte, körperliche Arbeit – und für viele reichte der Lohn nicht einmal, um ihre Familien zu ernähren. Die Kaisers hatten sich früh von allem abgekapselt, was im Dorf vor sich ging. Sie waren weitestgehend Selbstversorger, auch wenn ihr Heim kein Bauernhof war. Die Holzarbeiten waren ein gutes und sicheres Zubrot, und zudem verkaufte Herr Kaiser seine Schnitzarbeiten nicht nur an die Kirche, sondern auch an allerlei interessierte Adlige, die ihm über den Pfarrer ihre Aufträge vermittelten.

Hier oben war er ganz allein für die Sicherheit der Anlagen und somit der Bewohner zuständig. Es lag an ihm, kleinere Bäume zu fällen, die zu fallen drohten – und es lag in seinen Händen, den Berg abzusichern. Diese Arbeiten waren nicht immer ungefährlich, und dennoch tat er es gerne. Oft begleitete Theo ihn, doch der Freund seines Sohnes war wahrlich nicht für das Leben und Arbeiten am Berg geeignet.

„Lass mich das machen und warte dort, wir sind gleich fertig." Herr Kaiser konnte etwas ruppig sein, doch er meinte es gut mit dem Jungen, der ihm nun beschämt die Handsäge reichte.

„Du hast dein Bestes gegeben. Ich will nur sichergehen, dass alles sitzt", milderte Herr Kaiser seine Aussage und schlug Florian auf die Schulter, ehe er mit aller Kraft an den Stützen rüttelte, die den Schnee aufhalten sollte.

„Schau, dort", sagte Theo leise und stieß Florian an. Er blinzelte und versuchte zu erkennen, was Theo ihm zeigen wollte.

Dort, neben einem der schneebedeckten Felsen, regte sich etwas. Ein winziger, roter Punkt in einem Meer von weiß, ein hastiges Flügelschlagen.

„Ist das ein Huhn?!"

„Ein Schneehuhn. Sie legen nur kleine Eier und eignen sich nicht als Hoftiere."

„Ich wusste nicht, dass es hier Hühner im Wald gibt..."

„Du weißt so manches noch nicht, Junge", unterbrach Herr Kaiser, doch diesmal lächelte er. „Nun kommt schon. Meine Frau hat versprochen, heute Apfelstrudel zu machen." Er rieb seine behandschuhten Hände voller Vorfreude, bevor er Theo die Säge reichte und seine Axt schulterte. Die Dunkelheit erhob sich bereits zwischen den Bergen, und es war allzu leicht, sich zwischen den Bäumen zu verirren, wenn die Fackeln am Rauschberg noch nicht brannten.

Kapitel 8 – Die sechste Rauhnacht

In der kleinen Hütte ging es seit dem Morgen zu wie in einem Bienenstock. Die Bewohner waren so geschäftig, dass die Luft zu summen schien. Obwohl die Arbeit – und somit auch die Hausarbeit – ruhen sollte, hatte Frau Kaiser beinahe verstohlen mit einem Lappen über Tische, Stühle und Fensterbänke gewischt, bevor sie diesen vor der Haustür ausschüttelte. Morgen endete das Jahr, und auch so abgelegen von allem wurde sich auf dieses Ereignis vorbereitet.

Florian fühlte sich, als würde er nur im Weg herumstehen. Er half erneut, die Tiere zu füttern und befreite den Weg zum Stall vom frisch gefallenen Schnee, während er sich etwas dafür schämte, dass seine Hände bereits Schwielen von den Aufgaben der vergangenen Tage zeigten. Die körperliche Arbeit war er einfach nicht gewohnt, denn das Schwerste, was er von einem Regal zum nächsten trug, waren Stapel von Büchern in der kleinen Dorfbibliothek. Sogar daran hatte er sich gewöhnen müssen, denn im Hause seines Onkels hatten dessen Bedienstete stets hinter ihm aufgeräumt.

„BAAAAAH!"

Florian drehte sich um und stützte sich schwer auf den Besen, mit dem er den Schnee weggefegt hatte. Auf dem Weg vor ihm stand Hildie und schüttelte ihren Kopf, während ihre pinke Zunge aus ihrem Mund heraus schoss und über ihre Lippen leckte.

„Ich habe dich vorhin schon gefüttert – versuch es erst gar nicht."

Die kleine Ziege legte den Kopf schief, dann schabte sie mit dem Huf auf dem Boden.

„Wa- hey!"

Sie rammte ihre kurzen Hörner gegen Florians Bein und warf den jungen Mann beinahe um.

„Na gut, warte hier." Florian seufzte und lehnte den Besen gegen die Hüttenwand, bevor er einen der Äpfel, die für die Tiere bereitstanden, aus dem Korb angelte und ihn Hildie auf seiner Handfläche präsentierte. Fröhlich schmatzend verspeiste sie den Apfel beinahe mit einem Haps.

„Aus dem Paradies hätten sie dich auch sofort geworfen", murmelte Florian. Dennoch streichelte er Hildie über den Kopf, und sie ließ sich diese Zärtlichkeiten gefallen, als wäre sie nicht gerade gewalttätig geworden.

„Du zeigst ihr besser nicht, wo die Äpfel vergraben sind."

„Vergraben?" Mit einem Stirnrunzeln drehte Florian sich zu Theo um, der soeben um die Hütte herum gelaufen war. Das gleichmäßige Geräusch der Axt, die Holz in Stücke gehauen hatte, hatte Florian den ganzen Morgen lang begleitet.

„Ich zeig's dir. Aber erst bringen wir Hildie zurück in den Stall. Ich weiß wirklich nicht, wie sie da immer herauskommt."

Theo griff nach dem kurzen Seil um Hildies Hals und manövrierte die Ziege zurück zu ihren Artgenossen. Die Stalltür überprüfte er mehrmals, in dem er mit aller Kraft an dem Riegel ruckelte. Die Kapuze seines Mantels fiel ihm vom dunklen Haar, welches ihm in zerzausten Strähnen ins Gesicht hing. Mit einem Schnaufen strich er sich die Strähnen hinter die Ohren und führte Florian ein wenig tiefer in den umliegenden Wald. Tagsüber konnten sie den Hof schließlich gefahrlos verlassen.

Florian begutachtete die verschiedenen Spuren im frisch gefallenen Schnee, welche von Vögeln,

Rehen und anderen kleinen Waldkreaturen, die sich nicht in den Winterschlaf begeben hatten, stammten. Nicht weit von hier war ein Futterstand, den er gemeinsam mit Theo gestern aufgefüllt hatte.

An einer kleinen Lichtung blieben sie stehen. Ein umgefallener Baum markierte die Lichtung, seine kahlen Äste und die abblätternde Rinde ebenfalls mit Schnee bedeckt. Neben dem Baum ging Theo in die Hocke und deutete Florian, es ihm gleich zu tun. Er strich etwas Schnee zur Seite, bevor er eine kleine Schaufel aus seiner Manteltasche zog und diese in den gefrorenen Boden stieß. Es dauerte etwas, bis die Kuhle tief genug war. Die Schaufel wurde an Florian weitergereicht, dann holte er einen Apfel aus der anderen Manteltasche und ließ diesen in die Erde fallen und bedeckte ihn sanft wieder.

„Ein kleines Opfer für die, die die Erde im Gleichgewicht halten."

Florian nickte nur. Er verstand viele der Traditionen und Rituale der Kaiser-Familie nicht, und dennoch machten sie einfach Sinn.

„Hast du das schon öfter gemacht?"

„Überall hier auf der Lichtung. Im Sommer ist sie voller Wildblumen."

Da die Landschaft in das zuckrige Weiß des Schnees getaucht war, fiel es Florian schwer, sich ein Meer bunter Blumen hier vorzustellen. Doch die Idee, dass die Blumen wuchsen, weil die Erdgeister mit Äpfeln gefüttert worden waren, gefiel ihm doch sehr gut.

Für ein paar Minuten hockten sie über der entblößten Erde, die wie eine Wunde im frischen Schnee anmutete. Theo war der Erste, der sich wieder aufrichtete und den Schnee von seinem Mantel klopfte.

„Wir brauchen noch ein paar Tannenzapfen. Nimm die, die du finden kannst, mit", ordnete er an und verließ die Lichtung. Er wusste, dass Florian ihm folgen würde.

In der Dämmerung saßen sie wieder am Ofen, dessen Wärme die gesamte Hütte füllte, und fädelten Kordeln durch die Zapfen, die sie gesammelt und kurz vor dem Feuer getrocknet hatten. Theo hatte die Aufgabe übernommen, die Kordel mit seinem Messer zu kürzen, während

Florian die Schnüre an den Zapfen befestigte. „Und nun?"

„Komm mit."

In ihre Mäntel gehüllt traten sie in die kalte Abendluft. In den Tannen rund um die Häuser verteilte Theo die Zapfen, und Florian tat es ihm gleich, bis ihn erneut etwas am Bein anstieß. Im Dämmerlicht erschrak er und sprang einen ganzen Schritt zurück.

„BAAH!"

„Du schon wieder!"

Hildie kaute auf etwas herum, doch Florian beschloss, dass er sich nicht weiter darum kümmern würde.

„Theo, sie ist schon wieder ausgebüxt."

Der junge Mann kam näher und ging neben der Ziege in die Hocke. Er stupste ihre Nase an. „Du wirst immer rebellischer, je älter zu wirst. Bis dich die Wilde Jagd holt." Vorsichtig nahm er die beiden letzten kleinen Tannenzapfen, die noch übrig waren, und hing sie an die kleinen Hörner der Ziege. „Na komm schon, jetzt ist Stallzeit."

Routiniert griff er wieder nach dem Seil um ihren Hals, und Florian folgte den beiden. „Wozu sind die Zapfen, Theo?"

„Wohlstand. Nicht nur Geld. Man lädt das Wohlergehen zu sich ein. Hast du das noch nie getan?"

Florian schüttelte den Kopf. Er konnte hören, wie die Zapfen gegen Hildies Hörner klopften, und er konnte sehen, wie der Wind sie in den Bäumen tanzen ließ.

Theos kalte Hand griff nach seiner, und ehe er sich versah, wurde ein weiterer Tannenzapfen in seine Hand gedrückt. Sofort schloss er die Finger darum, und er konnte fühlen, wie die Hitze in seinen Wangen aufstieg.

„Denkst du, ich brauche Wohlstand?" versuchte er zu witzeln, als Theo die Stalltür schloss.

„Denkst du nicht?" entgegnete er nur. Er blickte gen Himmel, der heute von dichtem Nebel bedeckt war, ohne ihnen die Sicht auf einen einzigen Stern zu gewähren.

„Es kann nicht schaden", beschloss Florian und ließ den Zapfen – warm von Theos und seiner eigenen Hand – in seine Manteltasche gleiten.

Kapitel 9 – Die siebte Rauhnacht

Das neue Jahr hatte man in Florians Zuhause immer mit bunten Raketen begrüßt. Er war sich sicher, dass eine seiner ersten Erinnerungen das laute Knallen und das Lichtermeer am Himmel gewesen war. Auch sein Onkel hatte nie gespart, um seine Gäste zu beeindrucken. Doch der junge Mann erinnerte sich auch an die vielen vergangenen Neujahrsfeiern, bei denen er trunken vom Schaumwein durch die Gänge des Anwesens gestolpert war, weil nur der Schleier des Alkohols die drögen Gespräche des Adels erträglich gemacht hatten.

Der Graf von Hohenstein war nicht begeistert gewesen, eine Pfütze Erbrochenes neben der Büste seines Urgroßvaters im Salon zu finden. Aber wenn Florian genau darüber nachdachte, war sein Onkel über vieles, was er tat – oder eben nicht tat – nicht begeistert gewesen. Denn wenn es nach ihm ging, lasen „echte Männer" keine Bücher, sondern bewiesen sich auf der Jagd und im Kampf. Florian hatte sich schnell daran gewöhnt, seinen Onkel wieder und wieder zu enttäuschen. Die größte Enttäuschung hatte er wohl abgeliefert, als er sich gegen den Grafen stellte und die Bärin im Wald vor dem sicheren Tod schützte. Aber das war ein Opfer, welches Florian gerne gegeben hatte.

Hier oben auf dem Rauschberg begann der Tag nicht mit den Klappern von tausenden Tellern, Tassen und Schüsseln, sondern mit einer erwartungsvollen Stille. Zum ersten Mal, seit er hier angekommen war, war Florian früher als Theo aufgewacht und lag auf den weichen Daunenkissen, während das Tageslicht Schritt für Schritt weiter in das kleine Zimmer blutete und den anderen jungen Mann in goldenes Licht tauchte. Es war nicht viel von Theo zu sehen – nur der dunkle Haarschopf im starken Kontrast zu dem hellen Kissen, und die Nasenspitze.

Nur langsam erwachten die Bewohner der kleinen Hütte und begannen mit ihrem Tag – dem letzten Tag des Jahres. Florian blieb noch etwas liegen. Es war fast schon verrückt, auf die letzten Monate zurückzublicken. Eine ungeliebte Bärenjagd hatte sein Leben von Grund auf verändert. Er hatte das verhasste Haus seines Onkels verlassen und endlich damit begonnen, sein eigenes Leben zu leben – fernab von all dem, was von ihm erwartet wurde. Im Dorf hatte man ihn aufgenommen, auch wenn nur die wenigsten wussten, was Theo und er für das Dorf – und den Bären am Rauschberg – getan hatten.

In seinen kühnsten Träumen hätte er nicht erwartet, dass ihm tatsächlich so etwas passieren würde. Denn wer erwartet schon, dass das eigene Leben so auf den Kopf gestellt wird?

Theo regte sich mit einem leisen Seufzen, und Florian lächelte vor sich hin. Sie hatten die Hälfte der Rauhnächte, dieser seltsamen Mondzeit, bereits hinter sich gebracht, und er fühlte bereits den Wandel in sich selbst – fast so, als ob die Geister, denen man nachsagte, sie seien der Welt zwischen den Jahren so viel näher, sich auch in seinem Kopf eingenistet hatten. Von nun an konnte es nur noch besser für ihn werden.

Nach dem Mittagessen – einer kräftigen Pilzsuppe, die Frau Kaiser gezaubert hatte – wurde der mit Kerben bedeckte Holztisch in der Stube abgewischt. Theo verschwand für einen Moment in dem kleinen Vorratsraum, der mehr wie ein begehbarer Schrank wirkte. Hier lagerten Flaschen mit Wein, Käse, Butter, getrocknetes Fleisch und allerlei Eingemachtes, was die Familie über den Winter brachte. Er kehrte mit mehreren Büscheln Kräutern zurück, die er auf dem Tisch ausbreitete.

Elisabeth strich ihren Rock glatt und setzte sich, ehe sie die beiden jungen Männer zu sich winkte. „Helft ihr mir?"

Florian nickte, auch wenn ihm nicht ganz klar war, worauf er sich nun schon wieder einließ. Er setzte sich ihr gegenüber während Theo den Stuhl neben ihm belegte.

„Heute werden wir räuchern, um das neue Jahr zu begrüßen. Die Hütte und den Stall."

Sie hatte bereits drei Keramikschalen bereitgestellt, welche mit Sand befüllt waren. Vor ihr stand ein Mörser und weitere Utensilien, die Florian nicht sicher benennen konnte – ebenso wenig wie er den Namen der Kräuter wusste, die zwischen ihnen auf dem Tisch lagen. Doch Elisabeth schien genau zu wissen, was sie dort tat – die Auswahl und Zusammenstellung der Kräuter war eine Fähigkeit, die bereits ihre Mutter und Großmutter zur Perfektion gebracht hatten. Das Wissen wurde von Generation zu Generation weitergegeben. Und in Ermangelung einer Tochter brachte sie Theo all das bei, was unbedingt bewahrt werden musste.

Sie ließ ihre Hand über die aufgereihten Kräuterbündel wandern und nahm wie zufällig jeweils ein paar Stängel von den Bündeln, über denen ihre Hand länger verharrt hatte. Und wie so oft in den letzten Tagen war Florian sich nicht sicher, was genau er zu tun hatte. Er blickte zu Theo, welcher ähnlich vorging wie seine Mutter: M~~m~~it intensivem Blick sah er die Bündel an und entschied sich intuitiv für verschiedene Kräuter.

„Das ist Salbei, er dient zur Reinigung und zum Schutz. Hier siehst du Wacholder, ebenfalls zum Schutz. Beifuß, für Mut und Stärke und Johanniskraut – dass vertreibt Sorgen und Ängste. Theo, holst du noch das Kiefernharz?"

Theo nickte und erhob sich, um kurze Zeit später mit einer kleinen Holzdose voller Kiefernharz zurückzukehren. Er stellte sie vor Florian ab und zog Mörser und Stößel näher zu seinem Freund.

„Zerkleinern – das schaffst du, oder?"

Florian wusste, dass es nicht böse gemeint war, aber dennoch war ein wenig beleidigt, als er den Stößel an sich nahm, während Frau Kaiser die verschiedenen Kräuter klein hackte. Sie stand auf und nahm mit einer eisernen Zange Kohlestücke aus dem Kamin, die sie auf die Keramikschalen verteilte, damit sie auskühlen konnten.

„So", sagte Theo und stieß Florian leicht mit dem Ellenbogen an, um seine Aufmerksamkeit zu bekommen. Er legte etwas von dem Räucherwerk zu der abgekühlten und nun gräulichen Kohle.

„Florian, verschließt du bitte alle Fenster?" Elisabeth nickte ihm ermutigend zu, als sie die Schalen fertig vorbereitet hatten. Sogleich machte er sich ans Werk und stellte sicher, dass jedes einzelne Fenster verschlossen war – auch wenn er noch nicht wusste, warum er das tun sollte.

„Geht ihr beiden nach oben, ich übernehme hier unten."

Und so begann die Reinigung. Florian hielt die Keramikschale, die man ihm zugewiesen hatte, in der Hand und folgte Theo, der im oberen Geschoss der Hütte im Uhrzeigersinn durch die Räume lief und sicherstellte, dass sich der Rauch in jeder Ecke verteilte. Erst jetzt fiel ihm auf, dass in den Ecken keine Möbel standen.

Der Prozess wurde noch einmal wiederholt, diesmal entgegen des Uhrzeigersinns. Der Rauch kitzelte seine Nase, doch er hielt durch.

Unten räucherte Frau Kaiser jedes Zimmer, sodass die ganze Hütte nach den verschiedenen Kräutern, die sie ausgewählt hatte, duftete. Alles war bereit für den Einbruch des neuen Jahres.

Am Abend wurde reichlich aufgetischt – Auerhahn und Kartoffeln, und ein süßer Grießbrei zum Nachtisch, simpel und doch das köstlichste Silvester-Mahl, an das Florian sich erinnern konnte. Den Rest des Abends verbrachten sie wie immer mit dem Kartenspiel, bis plötzlich Geräusche, die wie Kanonenschüsse klangen, zu hören waren. Florian zuckte zusammen, doch Herr Kaiser war bereits auf den Beinen und hielt seiner Frau ihren Mantel hin. „Komm – von hier oben hat man die beste Sicht."

Sie verließen die Hütte und sahen die Raketen, die die verschiedensten Farben an den Nachthimmel malten, um das neue Jahr zu begrüßen. Rot und grün und blau – noch nie hatte Florian ein solches Schauspiel von oben gesehen. Wie gebannt starrte er auf das Treiben und sah nicht, wie Herr und Frau Kaiser sich zärtlich küssten und ihren Sohn umarmten. Erst, als Heinrich ihn in eine feste Umarmung zog, erinnerte er sich daran, was gefeiert wurde. „Gutes Neues, Florian!"

„Von mir auch. Mögest du stets Glück finden", fügte Frau Kaiser hinzu und küsste seine Wange.

Theo blieb etwas abseits stehen, und erst jetzt bemerkte Florian, dass sein Freund bei jedem Raketenknall leicht zusammenzuckte und sichtlich dem Drang widerstand, seine Ohren zu bedecken. Langsam kam er auf Theo zu. „Ein gutes neues Jahr", wünschte er, und hielt dem anderen zaghaft die Hand hin. Theo zögerte für einen Moment, dann ergriff er sie.

„Besser als das letzte, ja?"

Kapitel 10 – Die achte Rauhnacht

Er hatte Theos Hände nie so genau betrachtet, obwohl er schon unzählige Male nach diesen langen, blassen Gliedern gegriffen hatte. Doch nun ruhte Florians Blick wie gebahnt darauf, und er bemerkte zum ersten Mal die feinen Tintenlinien unter der Haut, die sich um die Finger schlangen.

Theo hielt erneut eines der Keramikschälchen, die sie gestern zum Räuchern genutzt hatten, in der Hand und ließ eine Handvoll Tannennadeln auf die Holzkohle, die auf dem Sand ruhte, rieseln. Der Duft war weniger intensiv als die gestrigen Kräuter, und anders – erdiger, als ob Theo mit dieser simplen Geste tatsächlich etwas in der Natur erweckt hatte.

Herr Kaiser war draußen und hackte Holz, während Frau Kaiser in einer Ecke des Raumes emsig vor sich hin strickte. Der Form nach wurde es eine Weste aus brauner Wolle, doch Florian maß sich nicht an, sich darauf festzulegen. Er konnte nicht stricken – und wie Herr Kaiser bereits festgestellt hatte, konnte der junge Adlige so manches nicht.

Auch wusste er nicht, wie oft man in den Rauhnächten räucherte, und warum. Doch er beobachtete seinen Freund und dessen Hände, die den Rauch in jede Ecke trieben, bis es angenehm nach Tanne duftete. Erst als er den Zirkel beendet hatte, löschte er die schwelende Kohle mit etwas Wasser ab und warf sie in das Feuer des Herdes. Dort waren im Laufe der vergangenen Nächte auch jegliche verbrannte Essensreste, die sich am Boden eines Topfes oder einer Pfanne gesammelt hatten, gelandet. *Wir haben reichlich – warum es nicht mit den hungrigen Seelen teilen?*, hatte Frau Kaiser angemerkt, als sie Florians verwirrten Blick bemerkt hatte. Er hatte von Opfergaben gehört – und er war als Kind zur Kirche gegangen, wo man den Leib Christi und dessen Blut in der Form von Hostien und Wein empfing.

Die Bücher, zwischen deren Seiten er sich so oft geflüchtet hatte, hatten ihm nicht jede seltsame und doch wunderbare Tradition beigebracht.

Florian hatte immer gedacht, dass jene, die wie Familie Kaiser lebten, arm waren. Arm, denn sie besaßen nicht die Luxusgüter, mit denen er von klein auf umgeben gewesen war. Arm, weil sie keine Bediensteten hatten, keine teuren Wachskerzen in jedem Zimmer und keine Silberware, mit der zu Abend gegessen wurde. In den vergangenen Tagen hatte er gelernt, wie falsch er doch damit lag.

Sie waren nicht arm, denn sie hatten einander. Sie hatten ein Dach über dem Kopf, Essen auf dem Tisch, und ein Herdfeuer, dass immer wieder mit neuem Brennholz gefüttert wurde.

Sie hatten so viel mehr als Florians Onkel, der Reichtum nur in Gulden maß, und niemals in Herzenswärme. Der zwar wusste, dass sich eine schlechte Ernte auch auf seinen Alltag auswirkte, aber niemals verstehen würde, was es wirklich hieß, zu hungern.

Für all diese Erkenntnisse war Florian dankbar. In den letzten Monaten hatte er sich so sehr verändert und war in seine neue Rolle hineingewachsen. Alleine hätte er das nicht geschafft.

Er bemerkte, dass er den Kaisers den Zusammenhalt ein wenig neidete. Florian vermisste dieses Gefühl, bedingslos von seinen eigenen Eltern geliebt zu werden. Sie hatten ihm Flügel gegeben, um die Welt zu erkunden – doch nach ihrem Tod hatte sein Onkel alles daran gesetzt, diese Flügel wieder zu stutzen.

In diesem stillen Momenten, in denen Florian die Familie einfach nur beobachtete, wurde sein Herz schwer, und die Trauer drohte sich wie eine dicke Wolkendecke vor das Leuchten des neuen Jahres zu schieben. Er wollte dieses Gefühl der Leichtigkeit, das sich in sein Herz geschlichen hatte, nicht wieder verlieren. Stattdessen wollte er sein Herz mit der Wärme und Liebe, die ihm entgegengebracht wurde, füllen und nie mehr vergessen wie es war, einfach akzeptiert zu werden – mit allen kleinen und großen Macken und Eigenheiten.

Die Kaisers akzeptierten ihre eigenwillige Ziege Hildie – sicher hatten sie deshalb auch kein Problem, Florian in ihren kleinen Kreis aufzunehmen.

Kapitel 11 – Die neunte Rauhnacht

Hexenjunge.

So hatte der Schlossbesitzer Theo genannt, als Florian nach ihm gefragt hatte. Abwertend, beinahe schon hasserfüllt – Hexen, das waren gottlose Wesen, die stets nur Böses im Sinn hatten. In den Büchern, die Florian so liebte, stahlen sie Kinder aus den Wiegen oder lebten tief im Wald. Sie verfluchten jene, die ihrem Willen nicht nachgaben und lockten Unschuldige in ihre Häuschen aus Kuchen, Brot und Zucker, um sie zu essen.

Hexen waren all jene Frauen, die helfend ihre Hände ausstreckten, wenn jene Männer, die sich verantwortlich für Staat und Kirche sahen, ihre eigenen bereits hinter dem Rücken verschränkt gaben. Das waren all jene, die anders waren, denn das Fremde fürchtete man seit jeher.

Viel zu lange hatte Florian sich die Hassreden seines eigenen Onkels anhören müssen, ebenso wie das Poltern des Pfarrers in der Sonntagsandacht. Alles, was fremd und anders war, wurde ausgegrenzt und beleidigt; gefürchtet und bestraft.

Wenn er nun über den Tisch blickte, sah er Theo und seine Mutter gemeinsam über einer Holzschüssel voller Wasser, ihre Augen fast schwarz im Kerzenschein. *Hexenjunge, Hexe.* Florian verstand es nun – zwischen all den seltsamen Ritualen, die immer einen tieferen Sinn hatten und dem Verbrennen von Tannennadeln, Wacholder, Salbei und Holzkohle. Er verstand, dass Magie nicht immer etwas Böses, oder gar Übernatürliches war. Manchmal war es nur ein Apfel, vergraben in kalter Wintererde – und manchmal eine Fackel, die tief im Schnee steckte, um Haus und Hof zu schützen. Nichts daran war falsch. Nein, es füllte ihn mit tiefer Wärme.

Elisabeth Kaiser hielt zwei Nussschalen auf ihrer Handfläche, beide mit ein wenig Wachs und einem kurzen Holzdocht gefüllt. Theo entzündete beide Dochte, ehe seine Mutter die Nusshälften wie kleine Boote auf das Wasser setzte. *Hexenjunge, Hexe.*

„Das ist dein Vater, und das bin ich", sagte sie lächelnd und blickte über ihre Schulter, wo ihr Gatte von seinem Schnitzwerk aufsah.

„Orakelst du wieder?"

„Wie jedes Jahr, mein Liebster."

Heinrich lachte nur, und doch legte er seine Arbeit beiseite und kam näher. Seine großen Hände fielen auf die Schulter seiner Frau, und sie legte ihre eigene über seine rechte Hand, während die Nussschalen auf der Wasseroberfläche leicht zitterten.

„Man sagt sich, wenn zwei Menschen einander in den Rauhnächten häufig sehen, lieben sie sich eines Tages", flüsterte sie geheimnisvoll.

„Na, bei uns hat das wohl funktioniert", scherzte ihr Gatte, ehe er zu Florian blickte.

„Dann wird es wohl doch noch etwas mit dir und der Ziege." Doch anders als bei Florians Onkel war keine Bosheit in seiner Stimme, sondern nur ein neckender Unterton. Florian seufzte nur, bevor er wieder auf die beiden Nussschalen blickte.

Der Tisch war zu massiv, um einen Einfluss auf die Bewegungen zu haben. Nur das Flackern der kleinen Flammen bewegte die Nüsse, die leicht gegeneinander stießen, auseinander trieben und sich doch wieder fanden, bis sie dicht aneinander gedrängt in der Mitte der Schüssel verharrten.

„So wie es aussieht, wirst du mich nicht los", lachte Herr Kaiser und beugte sich über seine Frau, um ihr einen Kuss auf die Schläfe zu drücken.

„Oh nein, was soll ich nur tun?", antwortete sie gespielt dramatisch, bevor sie die beiden Kerzen ausblies und sich erhob.

Aus der Tasche ihres Rocks holte sie zwei weitere halbe Nüsse, ebenfalls mit Wachs gefüllt. Auf der flachen Hand bot sie sie Florian an, der Frau Kaiser nur mit geweiteten Augen ansah.

„Ich? Aber ich kann doch nicht –„

„Es ist ganz einfach – und sicher hast du jemanden im Blick, über den du gerne mehr wüsstest?"

Ihm gefiel nicht, wie wissend sie ihn ansah, ehe sie die Nussschalen in seine Hand fallen ließ. Mit einem Zwinkern folgte sie ihrem Mann, der ihre Hand ergriffen hatte und sie mit sich zog. Für einen Moment blickte Florian ihnen hinterher. Sie erinnerten ihn an seine eigenen Eltern, auch wenn die Kaisers aus einer ganz anderen Welt zu kommen schienen. Die Liebe, die sie füreinander empfanden, war in jedem Wort spürbar und jeder Geste, während im Adel immer noch aus Pflichtbewusstsein geheiratet wurde.

Bei seinen Eltern war es zuerst nicht anders gewesen – eine gute Partie, eine strategisch schlaue Verbindung. Doch sie hatten sich lieben gelernt, und er hatte die beiden nie streiten gesehen.

Florian verabscheute, wie sich diese Gedanken der Trauer doch immer wieder einen Weg in seinen Kopf bahnten und wie eine Lawine über die sanften Frühlingsblüten der Freude walzten, die er versuchte dort zu züchten.

„Das Wasser regt sich nicht mehr", informierte ihn Theo und riss ihn damit aus seinen Gedanken. Dafür war er auch dankbar und seufzte leise. Ein neues Schwefelhölzchen wurde entfacht, der Duft so intensiv, dass Florian seine Nase rümpfte. Vorsichtig setzte er die Nussschiffchen auf die Wasseroberfläche in der Schüssel.

Verstohlen blickte er zu Theo, der seinen Kopf auf einen Arm gestützt hatte. Die flackernden Flammen der Dochte spiegelten sich in seinen dunklen Augen, und eine einzige schwarze Strähne hing ihm im Gesicht, ohne dass er sich die Mühe machte, sie wegzustreichen.

Die beiden Nusshälften tanzten auf dem Wasser wie Schiffe auf hoher See, und Florian zwang sich, sich wieder auf die beiden zu konzentrieren.

„Wofür genau stehen sie?"

„Für Liebende – driften sie auseinander, sind sie nicht füreinander bestimmt. Bleiben sie zusammen, hält auch die Liebe."

„Verstehe."

Was Florian allerdings nicht verstand, war die Tatsache, dass Frau Kaiser ihn orakeln lassen wollte. Er hatte doch keine Liebste. Sein Blick fiel zurück zu den Nüssen, die ihren Tanz beendet hatten und gemeinsam auf dem Wasser trieben.

„Ich glaube, sie bleiben immer zusammen, weil die Schüssel zu klein ist", murmelte er. Sicher gab es dafür eine Erklärung – nur leider würde er dazu kaum etwas in der Dorfbibliothek finden.

„Wenn du meinst", antwortete Theo und blies die Dochte aus – ein wenig zu heftig, denn eine der Nussschalen kenterte und sank zum Grund der Schüssel.

Kapitel 12 – The zehnte Rauhnacht

Schon von weitem hörten sie das Klirren der Schellen und das Lachen der versammelten Dorfbewohner. Familie Kaiser hatte sich früh an den Abstieg vom Rauschberg gemacht, und obwohl Theo ihm gesagt hatte, dass die Bärin und ihre Jungen Winterschlaf hielten, hatte Florian verstohlen nach ihnen Ausschau gehalten.

Bereits im Morgengrauen hatten sie sich alle aus den Betten erhoben, während der Himmel in Violetttönen strahlte. Die Sonne zeigte sich langsam blass am Himmel und brachte das Leben zurück in den Wald am Berg. Hier und da sang sogar ein Vogel und krächzte ein Rabe. Florian hatte sich so an die Stille gewöhnt, dass er sich wie ein Reh am Waldesrand fühlte: stets bereit zu fliehen.

Es wunderte ihn nicht, dass Familie Kaiser sich nur selten im Dorf zeigte. Der Abstieg war einfacher als der Aufstieg, und dennoch erschien es ihm, als ob sie seit Ewigkeiten die steilen Wege hinabliefen. Mehr als einmal war er bereits auf vereisten Stellen ausgerutscht, und einmal hatte Theo ihn im letzten

Moment beim Ärmel gefasst und mit ruhiger Hand aufgerichtet.

Auf dem Feld nahe am Bergfuß wurde getanzt.

Doch es waren keine Pärchen, die sich in ihrer Tracht dort drehten während eine Blaskapelle aufspielte. Nein, es waren Männer gehüllt in lange Gewänder und Felle, ihre Gesichter mit Jutesäcken oder den Masken der Perchten verhüllt. Zum Schlag einer Trommel stampften sie auf den Boden und trampelten über die gefrorene Erde, bis der Schnee ihnen um die Stiefel stob. Sie tanzten und schrien, schlugen sich auf die Brust und sprangen immer wieder in die Luft – und je höher sie sprangen, desto lauter jubelte die Menge.

Noch nie zuvor hatte Florian ein solches Schauspiel gesehen.

„Warum tun sie das?", fragte er leise und lehnte sich zu Theo, der unbewegt neben ihm stand und sich den Tanz ebenfalls ansah.

„Sie wecken die Erde mit dem Stampfen. Die zehnte Rauhnacht kündigt den kommenden Oktober an – Erntezeit."

Florian hatte bereits gelernt, dass die Nächte jeweils mit den Monaten des Jahres korrespondierten und wie eine Weissagung galten. So sagte man sich, dass auch das Wetter der jeweiligen Nächte einen Hinweis auf die Wetterlage der einzelnen Monate gab.

Wenn es danach ginge, würde es im nächsten Jahr wohl nur schneien, hatte Florian still und heimlich gedacht. Doch er war Träumer genug, um dennoch ein wenig an all diese Dinge zu glauben.

„So hoch wie die Männer springen, so hoch wird das Korn auch wachsen", fügte Herr Kaiser hinzu. Wie sein Sohn schien er recht unbewegt von dem Treiben. Florian hatte bereits bemerkt, dass es so schien, als hätte jemand einen Kreis aus Salz um die Familie gelegt, die jeden anderen davon abhielt, zu nahe zu kommen. Allzu gut erinnerte er sich an die Reaktion auf Theo, als er dem Besitzer des Jagdschlosses und seinem Onkel zum ersten Mal von ihm erzählt hatte.

Die Dörfler waren heuchlerisch genug, manch heidnischen Brauch mit offenen Armen zu begrüßen, und andere im gleichen Moment zu verteufeln. In manchen Dingen unterschied sich eben der Adel vom gemeinen Volk in keinster Weise.

Florian blickte zur Seite, und der abwertende Blick einer älteren Dame, die er durch das Bibliotheksfenster täglich zur Kirche laufen sah, traf ihn. Mehr als einmal hatte sie sich kurz mit ihm unterhalten oder seine Hilfe dankend angenommen, als der Frost eingetreten war. Nun beurteilte sie ihn offensichtlich nach den Menschen, denen er nahe stand. Sein Blick verfinsterte sich ebenfalls, und demonstrativ stellte er sich näher zu Theo, der dem Treiben auf dem Feld zusah, ohne sich um die Dorfbewohner um sie herum zu scheren.

Eines Tages, so dachte sich Florian, wollte er genau so unbewegt von allem Urteil sein. Bis dahin war es noch ein weiter Weg.

Das Klirren der Glocken und das Stampfen nahm ab, als den Männern auf dem Feld die Puste ausging. So mancher blieb stehen und zog sich die Perchtenmaske vom verschwitzten Gesicht oder nahm dankend einen Krug Wasser und ein Handtuch entgegen.

Der Tanz war beendet, die Erde erwacht – das nächste Jahr und dessen Ernte konnte kommen.

Kapitel 13 – Die elfte Rauhnacht

„Und du bist dir vollkommen sicher?"

Florian hatte Theo diese Frage bereits unzählige Male gestellt, seit sich die beiden an den erneuten Abstieg vom Rauschberg gemacht hatten. Er hatte geglaubt, dass sie jede einzelne der Rauhnächte am Berg verbringen würde, bis Theo in der gestrigen Nacht am Fußende seines Betts gesessen und ihm den Vorschlag unterbreitet hatte, das Grab seiner Eltern noch vor dem Ende der Rauhnächte zu besuchen.

„Ich habe weder ein Pferd, noch eine Kutsche", hatte Florian eingewandt. Er hatte vieles verloren, was er bis dahin als selbstverständlich erachtet hatte, als er sich von seinem Onkel gelöst hatte. Zwar gehörte das Erbe seiner Eltern ihm allein, doch er hatte gar nicht daran gedacht, sich ein Pferd davon zu kaufen.

Er wüsste nicht einmal, worauf er achten müsste.

Dennoch hatten seine Einwände Theo nicht von der Idee abgebracht. Am Morgen hatten die beiden ihre Rücksäcke gepackt, und Frau Kaiser hatte jedem der beiden eine große Portion Proviant mitgegeben, bevor sie die beiden umarmte. „Versucht, noch bis morgen zurückzukehren."

Morgen brach die letzte Rauhnacht an, und diese würden sie noch gemeinsam zelebrieren. Der Gedanke daran, in sein einsames Heim zurückzukehren, bereitete Florian bereits seit Neujahr Bauchschmerzen, auch wenn er versuchte, sich nichts davon anmerken zu lassen. Bei den Kaisers zu leben hatte sich beinahe so angefühlt, als ob er wieder eine Familie hätte. Natürlich wusste er, dass Theo und er sich weiterhin sehen würden. Trotzdem würde er alleine zu Bett gehen und auch alleine wieder aufwachen.

Heute fiel es ihm besonders schwer, hoffnungsvolle Gedanken in seinem Kopf zu behalten. Wie in Trance folgte er Theo den Berg hinab, schwer atmend und erschöpft vom Abstieg alleine. Der Atem der beiden jungen Männer sammelte sich wie Nebel vor ihren Lippen, und immer wieder wurde die Stille des Bergwaldes von Schneemassen, die an Ästen und Felsen herabrutschten, unterbrochen.

Die Kälte brannte in Florians Augen – zumindest redete er sich dies ein, als er verzweifelt darüber wischte. Sein Magen zog sich immer wieder schmerzhaft und voller Besorgnis zusammen. Beim Frühstück hatte er kaum einen Bissen herunterbekommen.

Endlich war der Abstieg geschafft, und Theo lief zielstrebig über die Straße zu der Ansammlung kleiner Höfe und Häuser, die sich gegenüber des Bergs befanden. Florian hatte heute nicht die Kraft, Theos Handlungen zu hinterfragen. Zwischen Kies und Pfützen geschmolzenen Schnees stapfte er seinem Freund hinterher, bis dieser einen der Höfe betrat und zielstrebig zur Haustür lief.

Trauer war wie ein Fuchs – ein Fuchs, der immer wusste, wo er sich am besten verstecken konnte, bis es endlich Zeit war, anzugreifen. Ein Fuchs, der aus der Ferne niemals so gefährlich aussah wie aus der Nähe. Mit gebleckten Zähnen und scharfen Krallen, die sich gnadenlos in weiches Fleisch bohrten. Florian wusste nicht, wie er sich gegen diese Attacken wehren konnte. Die Trauer wog heute besonders schwer und hielt ihn in einem eisernem Griff, dem er nicht entkommen konnte. Er musste diese Phantomschmerzen tolerieren.

„Träumst du?"

Florian zuckte zusammen und blinzelte. Vor ihm stand Theo, mit zwei Pferden im Schlepptau. Eines hatte leuchtendes, kastanienfarbenes Fell, und das zweite war pechschwarz mit langer, wallender Mähne.

„Wallie ist Fremde mehr gewöhnt als Wotan", erklärte er und hielt Florian die Zügel der braunen Stute hin.

„Ich nehme an, du kannst reiten?"

Er konnte sehen, wie sich Theos Braue hob – nicht unbedingt verurteilend, aber ein wenig neckend.

„Natürlich kann ich reiten. Das konnte ich schon, bevor ich laufen konnte", gab Florian mit einem Augenrollen zurück.

Die beiden Pferde waren bereits gesattelt, sodass sie nur noch ihr Gepäck in den ledernen Satteltaschen verstauen mussten. Theo war dabei wesentlich effizienter und stieg in den Sattel des großen schwarzen Wallachs, den er Wotan genannt hatte. Für einen Augenblick war Florian abgelenkt und verharrte – eine Hand an der Schnalle der Satteltasche, jedoch beide Augen auf Theo gerichtet, der auf dem majestätischen Pferd aussah, als würde er selbst mit der Wilden Jagd reiten. Der kalte Winterwind riss an seinem langen, dunklen Haar und der Mähne von Wotan, und der Rabenschrei aus einem der kahlen Bäume am Gehöft ließ Florian glauben, dass seine Fantasie wohl mit ihm durchgegangen war.

Er hatte bereits in den vergangenen Tagen und Nächten bemerkt, dass es manchmal schwer war, den Blick von Theo zu lösen.

Kopfschüttelnd zog der den Riemen der Satteltasche fest und schwang sich in den Sattel, damit sie endlich aufbrechen konnten.

Die Landschaft preschte nur so an ihnen vorbei. Mit jedem Hufschlag stob Schnee auf und blieb am Fell der Pferde hängen. Der Wind biss den beiden in die Wangen, während Florian nach einiger Zeit die Führung übernahm. Es fühlte sich so seltsam an, dass Theo und er gar nicht so weit auseinander gelebt hatten. Ihre Leben waren so verschieden, dass ihre Freundschaft allein schon an ein Wunder grenzte.

Er hatte sich so an den Bergfriedhof im Dorf gewöhnt, dass dieser hier im beinahe fremd erschien. Die Mitte des Tages war bereits erreicht, als die beiden an ihrem Ziel ankamen. Wie abgebrochene Zähne in dem Kiefer eines Skeletts standen die Grabsteine im Schnee, und nur vereinzelt brannten Kerzen. Von einer Anhöhe aus konnten sie den gesamten Friedhof überblicken, bis sie die Pferde zu dem metallenen Tor lenkten. Auch dieses war vom Wetter gegerbt, mit einem Scharnier das nicht mehr richtig schloss. Sie banden die Pferde am Brunnen vor der Friedhofsmauer fest, bevor sie das Totenreich dahinter betraten.

Für einen Moment blieb Florian stehen, um sich zu orientieren. Die kleine Kapelle am anderen Ende des Friedhofs kam ihm bekannt vor, aber er war überzeugt, dass es hier noch einen anderen Zugang geben musste – er konnte sich an keines der Grabmale, die nun vor ihnen standen, erinnern.

Der gesamte Ritt war beinahe schweigend vonstatten gegangen, doch jetzt war es Theo, der zuerst sprach. „Wonach suchen wir?"

„Es muss ein großes Grabmal sein. Von Hohenstein. Meine... meine Großeltern wurden auch dort bestattet." Florian schüttelte den Kopf. „Es tut mir leid, ich kann mich nicht genau erinnern."

Theos Finger schlossen sich um sein Handgelenk und drückten leicht zu. „Wir finden das Grab gemeinsam."

Der junge Mann ging anders vor als Florian, dessen Plan es gewesen war, ziellos über den Friedhof zu irren, bis er sich an irgendein markantes Grabmal erinnern konnte. Theo lief zielstrebig voran und schien nach Hinweisen zu suchen, die für Florian im Dunklen lagen. Er wusste nicht, nach welchem Prinzip sein Freund vorging, doch es schien zu funktionieren, denn er blieb abrupt stehen und winkte Florian zu sich.

Der Grabstein war halb von Efeu überwuchert, doch die Namen waren deutlich zu lesen: Elise & Xaver von Hohenstein. Daneben und darunter andere Namen: Albrecht und Gunda, Erich, Hilbert, Gisela. Namen, die Florian nur vom Hörensagen kannte, ohne ihnen ein Gesicht zuordnen zu können. Bei seinen Eltern war es anders. Er hatte sich immer wieder gezwungen, sich an ihre Gesichter zu erinnern. Nur einmal war er am Grab gewesen und hatte sich nicht dazu bringen können, die Trauer richtig zu fühlen.

Doch die vergangenen Nächte – nein, die vergangenen Monate – hatten ihn verletzlich gemacht. All zu oft war ihm bewusst geworden, wie allein er auf der Welt wäre, wenn Theo (und Theos Familie) nicht hier wären. Seit dem Tod seiner Eltern hatte er sich nicht mehr so geborgen gefühlt, so willkommen ohne sich dafür anstrengen zu müssen.

Dennoch hatte es Momente gegeben, in denen er sich schuldig fühlte. Schuldig, dass er noch lebte und der Cholera damals entkommen war. Schuldig, dass er nicht bei seinem Onkel geblieben war. Schuldig, dass er nie Tränen über den Tod der beiden vergossen hatte. Tränen, die nun kamen – ohne Vorwarnung, und ohne Grund. Er stand nur da und blickte auf den Grabstein und den fast schon verwahrlosten Zustand des Grabes, während ihm die Tränen über die Wangen rannen. Das Schluchzen kam später – verzweifelt, atemlos, mit bebenden Schultern und zitternden Knien, während zwischen den Gräbern Krähen im Schnee pickten und krächzten.

Florian wusste nicht, wie lange er dort gestanden hatte, bis er Theos Hand auf seinem Rücken spürte. Zaghaft, vielleicht auch hilflos. Er dachte nicht nach, ehe er sich umdrehte und den jungen Mann zu sich zog. Sein Kopf landete auf Theos

Schulter, und er fühlte, wie sich der andere anspannte, bevor er sich zwang, sich zu entspannen und zögerlich die Arme um Florian legte, während seine Hände beruhigende Kreise auf den Rücken des anderen malten.

Irgendwann versiegten die Tränen, und mit einem zitternden Atemzug richtete Florian sich wieder auf. „Tut mir leid..."

Theo runzelte die Stirn und senkte langsam die Arme. Sein Mantel fühlte sich ein wenig nass an der Schulter an, aber er ignorierte das. „Was tut dir leid? Es waren deine Eltern. Du darfst doch um sie trauern?"

Er hatte nicht gewusst, wie schwer all das auf Florians Schultern wog. Und nicht zum ersten Mal fragte er sich, wie viel sie tatsächlich voneinander wussten. Die vergangenen zehn Rauhnächte hatten sie einander näher kommen lassen, doch war das genug – und genug für was?

„Ich würde gerne eine Kerze anzünden. In der Kapelle. Kommst du mit?" Florian wischte sich die feuchten Wangen mit seinem Schal ab und Theo nickte, bevor er seinem Freund zu der kleinen Kapelle folgte. Darin gab es nicht viel zu sehen. Acht Kirchbänke, einen gewöhnlichen Altar mit einem Marienbild, auf dem sie das Jesuskind auf dem Schoß hielt, und genug Platz für einen Sarg davor. Das Podest war leer, und auch am Opferstock brannten nur drei der zahlreichen Kerzen. Florian ließ sich davon nicht beirren und wählte eine der langen, weißen Stabkerzen, um sie an einer Flamme zu entzünden. Vorsichtig steckte er sie in den dafür vorgesehenen Halter aus Gusseisen, bevor er für einen Moment innehielt. Auch mit geschlossenen Augen spürte er, dass Theo neben ihm stand.

Der junge Mann begutachtete die Kapelle mit gleichgültiger Gelassenheit, bevor sein Blick wieder auf Florians zusammengesunkene Gestalt fiel. Er wusste nicht, was er tun konnte, um seinem Freund die Bürde der Trauer zu erleichtern. Alles, was ihm einfiel, war hier zu sein und zu tun, was immer Florian vorschlug.

Als sie die Kapelle wieder verließen, begann sich der Himmel bereits gräulich zu verfärben, und die Temperaturen waren deutlich gefallen.

„Willst du einkehren oder zurück reiten?" fragte Theo leise als sie durch die Gänge zwischen den Grabmalen liefen. Am Grab der von Hohensteins blieben sie noch einmal stehen, und Theo reichte

Florian das Messer, was er im Stiefel trug. Er sah zu, wie sein Freund die Efeuranken nach und nach stutze und schließlich den Schnee vom Grabstein fegte. Erst dann schien er zufrieden zu sein.

„Wenn wir es noch zurück schaffen, würde ich gerne zurückgehen. Deine Mutter wartet auf uns", erklärte er, nun deutlich ruhiger.

Es war ihm, als ob sich eine Leere in seinem Herzen gefüllt hatte – ein Verlangen, dass er bislang nicht zugelassen hatte. Und nun, da er wusste, dass der Weg nicht so weit war wie er zunächst gedacht hatte, schwor er sich leise, das Grab öfter zu besuchen.

Theos Mundwinkel zuckte. „Er heißt nicht umsonst Wotan."

Kapitel 14 – Die zwölfte Rauhnacht

Als sie im Dorf wieder ankamen, verfärbte sich der Himmel bereits dunkel. Der Bauer, in dessen Stall die Kaisers ihre Pferde unterstellten, hatte ihnen zwei Laternen mitgegeben, als sie sein Angebot, am Hof zu schlafen, abschlugen. Theo hatte sich schon oft in der Dunkelheit an den Aufstieg gemacht, doch für Florian war es das erste Mal. Er konnte trotz der Anwesenheit seines Freundes nicht behaupten, dass er sich besonders sicher fühlte.

Im Dunkeln wirkte jeder Baum wie ein Riese, der knöcherne Finger gen Himmel streckte. Jeder Felsen wurde zu einer furchteinflößenden Kreatur, die nur darauf lauerte, Zähne und Klauen in ihr nächstes Opfer zu bohren. Florian wusste, dass es die Müdigkeit war, die ihn zu diesen Gedanken verleitete – Müdigkeit, und seine blühende Fantasie, die schon so oft mit ihm durchgegangen war

Jeder Laut ließ ihn zusammenfahren, und beinahe verlor er den Schein von Theos Laterne aus den Augen, so sehr war er in seinen Träumereien versunken. Hastig folgte er seinem Freund und stolperte dabei über hochstehende Wurzeln und kleinere Steine, ebenso wie gefrorenen Schnee, der sich durch den Nachtfrost in seltsame Gebilde verwandelt hatte.

Der Ruf einer Eule ließ ihn scharf einatmen, was Theo nur mit einem leisen Lachen beantwortete.

„Hast du Angst?"

„Ich? Nein, Quatsch!", verteidigte Florian sich sofort, und doch war er froh, dass Theo sein Gesicht in der Dunkelheit und im flackernden Licht der Laternen wohl kaum sehen konnte. Der Wald jagte ihm einen Schauer nach dem anderen über den Rücken. Umso mehr, nachdem er in den vergangenen Nächten so viele Vorsichtsmaßnahmen gegen übernatürliche Mächte miterlebt hatte. Beinahe wünschte er sich, er hätte Räucherwerk in der Tasche – vielleicht würde er sich damit sicherer fühlen.

Ganz in der Nähe knackte ein Ast, gefolgt von mehreren Schritten – schwere Schritte, die mit Bedacht ausgeführt wurden.

Sofort hastete Florian vorwärts und griff nach Theos Ärmel, kalkbleich im Gesicht. „Hast du das gehört?"

Sein Freund nickte nur langsam und bedächtig, ehe er Florian hinter den nächsten Baum zog und sich dort niederkauerte.

Mucksmäuschenstill warteten sie, während sie ihre Laternen mit den Mänteln abgedeckt hatten. Wie die Ranken einer Schlingpflanze kletterte die Kälte ihre Beinen hinauf und schlich sich unter ihre Kleider; der Nachtfrost war harsch und ohne jede Gnade.

„Wir hätten doch unten im Dorf bleiben sollen", wisperte Florian, doch Theo schlug ihm nur die Hand vor den Mund und deutete im Dämmerlicht auf die die zahlreichen Bäume, die sich wie die Gitter eines übergroßen Käfigs vor ihnen auftaten.

Ein mächtiger Schatten bewegte sich langsam durch den Wald und hielt immer wieder inne. Jeder Schritt wurde von dem Knacken der Äste und dem Knistern des Schnees begleitet.

„Mhh!" machte Florian, bis Theo seine Hand wegnahm.

„Ist das...?"

„Ja."

Vor ihnen bewegte sich die Bärin vom Rauschberg träge durch den Wald. Ihre breiten Schultern streiften die schneebedeckten Büsche und Äste und ließen Schnee, fein wie Puderzucker, herabregnen. Sie wirkte wesentlich stattlicher als im September, doch das war nicht überraschend – schließlich fraßen Bären sich vor der Winterruhe eine dicke Fettschicht an.

Die beiden jungen Männer beobachteten die Bärin, die wohl von der Futtersuche zurückkehrte, bis sie aus ihrem Blickfeld verschwunden war. Und auch dann verharrten sie noch einige Momente, bis sie sich aufrichteten.

„Du hast doch gesagt, sie hält Winterschlaf."

„Braunbären halten Winter*ruhe*. Sie können leicht geweckt werden. Vielleicht hatte sie einfach Hunger." Theo zuckte mit den Achseln und wischte ein wenig Dreck und Schnee von seiner Laterne, ehe er seinen Weg unberührt fortsetzte – und wie immer zählte er darauf, dass Florian folgte.

Plötzlich knackte es hinter den beiden jungen Männern im Gebüsch – so laut und überraschend, dass sie herumfuhren und Florian dabei seine Laterne verlor. Scheppernd landete sie im Schnee und erlosch, während Theo bereits nach seinem

Messer griff und sich schützend vor seinen Freund stellte.

Der Schein einer weiteren Laterne fiel auf die beiden, und dahinter blickte Frau Kaiser, in einen Kapuzenumhang gehüllt, sie fast schon zornig an.

„Was treibt ihr denn hier? Es ist viel zu spät, ihr hättet unten am Berg bleiben sollen! Dein Vater ist vor lauter Sorge halb verrückt geworden!", schimpfte sie sogleich los.

Sie raffte ihre Röcke und stapfte auf die beiden zu, als Florian unbeholfen seine erloschene Laterne wieder aufnahm und Theo verlegen das Messer in den Schaft seines Stiefels gleiten ließ.

„Hast du die beiden? Die Bärin ist unterwegs."

Hinter Florian und Theo tauchte Herr Kaiser auf, weniger aufgebracht – aber eventuell war er einfach nur besser darin, seine Sorge zu überspielen. .

„Es ist viel zu gefährlich hier draußen. Und das bei dieser Kälte. Nun macht schon – auf nach Hause", murrte er und stieß die jungen Männer an. Elisabeth wartete, bis sie zu ihr aufschlossen, und leuchtete mit ihrer Laterne den Weg zur Hütte.

Sie sahen noch mehrere Spuren von Tieren, und eine scheue Schar Rehe, die am Wildstand zaghaft Heu aus den Ballen riss, ehe sie endlich an der Hütte der Kaisers angekommen waren. Florian wollte nichts lieber, als sich den Schnee fallen zu lassen. Stattdessen stapften sie an den Fackeln vorbei, die Irrlichtern gleich rund um die Gebäude tanzten, und folgten wie Motten dem Schein der Kerzen in jedem einzelnen Fenster.

„Zieht erst einmal die Mäntel aus", befahl Elisabeth, nachdem sie die Tür aufgestoßen hatte. Mit verschränkten Armen wartete sie, bis die Männer ihre Mäntel und Rücksäcke abgelegt hatten.

„Ihr hättet euch da draußen den Tod holen können! Was habt ihr euch nur gedacht?"

Sie legte ihren eigenen Umhang ab und schüttelte ihr lockiges Haar auf, immer noch sichtlich aufgeregt über die Geschehnisse. Florian und Theo vermieden ihren Blick schuldbewusst, ehe Theo das Wort ergriff.

„Die Bärin war wach", erklärte er leise.

„Ich habe ihre Spuren schon in den vergangenen Tagen gesehen. Sie schläft in diesem Winter nicht gut." Herr Kaisers Stimme war nun sanfter, fast schon besorgt.

„Etwas bereitet ihr Kummer."

Florian horchte auf. Es war sein Onkel und dessen Jagdtrupp gewesen, der die Bärin im Herbst gejagt hatte. Er hatte gehofft, dass sie nun ihren Frieden hatte – doch dem war wohl nicht so.

Es beunruhigte ihn, dass sogar die Bärin die Erlebnisse nicht so leicht wegsteckte.

Nun, da Florian im Warmen war, brach die Erschöpfung des Tages im vollen Ausmaß auf ihn herab, und er gähnte mit weit aufgerissenem Mund

„Du musst müde sein. Wollt ihr beiden noch etwas essen, bevor ihr zu Bett geht? Es ist Eintopf auf dem Ofen.", bot Elisabeth trotz ihrer Verärgerung an, während die jungen Männer einen Blick tauschten.

„Ein paar Bissen schaffe ich noch", beschloss Florian, und Theo nickte.

In Decken gehüllt verputzen die beiden noch eine Schüssel voll Eintopf, während der Himmel sich draußen noch weiter verdunkelte und die letzte Rauhnacht ihre Schwingen ausstreckte.

Doch als Florian erschöpft ins Bett fiel, kam er noch nicht zur Ruhe. Er schloss die Augen und dachte an seine Eltern – seine Eltern, deren Gesichter er nun wieder klarer vor Augen hatte. Wenn er genauer darüber nachdachte, konnte er die Ähnlichkeiten zu ihnen jeden Morgen im Spiegel sehen: Er hatte die Augen seiner Mutter und das wirre, lockige Haar seines Vaters. An Bartwuchs mangelte es ihm, aber vielleicht würde sich das in den kommenden Jahren noch ändern. Florian war voll und ganz ein Abbild seiner Eltern – und alles, was er sich wünschte, war genauso freundlich und gütig zu sein wie sie. In einer Welt, die Güte nicht immer verdiente.

Zum ersten Mal seit dem Tod der beiden hatte er das Gefühl, dass er ihre Abwesenheit akzeptieren konnte. Die Traurigkeit würde immer da bleiben, doch vielleicht würde sie eines Tages mehr Narbe als Wunde sein. Wenn er die Hand auf sein Herz legte, schlug es schnell, aber es schlug – bedächtig, *lebendig*. Es war, als hätte eine dicke Schicht aus Eis darum gelegen, die nun zerbrochen war.

Im Mondlicht sah er Theo, der ihm auf seinem Schlaflager den Rücken zugedreht hatte und bereits ruhig atmete. Ohne ihn hätte Florian das Grab nicht einmal gefunden, oder gar den Friedhof besucht. Wusste Theo eigentlich, wie viel er für ihn getan hatte?

Florian hoffte, dass er sich eines Tages für all das, was er in den Rauhnächten gelernt hatte, bei seinem Freund bedanken konnte. Und mit diesem Gedanken glitt er friedlich in das Reich der Träume.

Kapitel 15 – Lass alles Alte gehen

Es fühlte sich seltsam an, die Hütte der Kaisers ein letztes Mal zu verlassen, während sich die Wintersonne einen Weg zwischen den Bergen hinauf zum Himmel kämpfte. Nebelschwaden verdeckten den Blick auf das Dorf und beinahe schien es, als ob sogar die Bäume die Nebelfetzen wie Trauergewänder trugen, als Florian seine Habseligkeiten zusammensammelte und seinen Rucksack fest verschloss.

Ein letztes Mal griff er nach seinem Mantel, der an einem der kleineren Gamsgeweihe auf ihn wartete, die als Aufhänger dienten. Elisabeth Kaiser sah ihn liebevoll an und schloss den jungen Mann in ihre Arme.

„Du bist hier jederzeit willkommen – das weißt du, ja?"

„Vielen Dank." Florian wusste nicht, wie er all die Dankbarkeit, die er empfand, ausdrücken sollte. Die zwölf Rauhnächte waren eine willkommene Auszeit gewesen, doch sie hatten ihm auch so viel gegeben. Wieder einmal hatte es die kalte Bergluft und die endlosen Wälder gebraucht, um ihn ein Stück näher zu sich selbst zu bringen. Hier, hoch oben auf dem Rauschberg, hatte er Frieden mit den tosenden Gedanken, die sich um seine toten Eltern drehten, geschlossen.

Obwohl sein Rucksack nun schwerer war – Frau Kaiser hatte ihm eine Vielzahl an Vorräten mitgegeben, da sie fürchtete, Florian verhungere im Dorf – fühlte er sich leichter, als er Herrn Kaiser die Hand reichte.

„Vielleicht bist du im Frühjahr zu mehr zu gebrauchen", scherzte der hochgewachsene Mann und schlug Florian auf die Schulter. „Pass auf dich auf. Und auf ihn", fügte er leiser hinzu und nickte zur bereits geöffneten Hüttentür.

Dort, im Hof, kniete Theo im Schnee und fütterte Hildie, die beharrlich versuchte, ihm den Eimer voll Futter zu entwenden.

Florian nickte nur und lächelte den beiden noch einmal zu, ehe er in den kalten Morgen hinaustrat. Theo richtete sich auf und hängte den Eimer wieder an den hervorstehenden Ast, der zu hoch war, als dass Hildie ihn erreichen konnte.

„Bereit?"

„Besser wird's nichts." Florian zuckte mit den Schultern, und gemeinsam verließen sie das Gehöft und machten sich erneut an den Abstieg.

Der Morgen war ihnen wohlgesonnen, denn es war nicht zu kalt, und der Himmel war wolkenleer; es würde an diesem Tag keinen neuen Schnee geben. Es war Dreikönigstag, doch Florian verband mit diesem Tag nichts besonderes. Er erinnerte sich sehr vage an die Kinder der Höfe rund um das Anwesen seiner Eltern, die mit rußgeschwärzten Wangen und gebastelten Strohsternen singend von Haus zu Haus gegangen waren, um den Segen der Weisen aus dem Morgenland zu verbreiten. Liedfetzen hingen ihm noch in den Ohren, als er Theo durch den Wald folgte und den vom Schnee tiefhängenden Ästen auswich.

Ihr Atem bildete Wolken aus Dunst vor ihren Mündern, und die lederne Tasche mit Tee wurde immer wieder hin und her gereicht, bis sie endlich im Tal angekommen waren. Mittlerweile hatte sich eine gewisse Routine eingespielt, und sie rasteten stets an der gleichen Stelle, ehe sie weiterzogen: die Stelle, an der sie sich vor einigen Monaten getroffen hatten, um die Bärin vom Rauschberg zu schützen.

Sie liehen sich diesmal keine Pferde, sondern gingen zu Fuß. Das Dorf erwachte gerade, und Theo war mitgekommen, um dem Perchtenlauf, der das neue Jahr begrüßte, beizuwohnen. Florian kannte das Treiben, aber er hatte es nie besonders gemocht – vielleicht, weil er noch sehr klein gewesen war, als er mit seinen Eltern einem der Perchtenzüge zugeschaut hatte. Die hölzernen Fratzen hatten im Schein der Fackeln und Feuerstellen zu echt gewirkt, und das Läuten und Rauschen von Glöckchen und Ketten war so laut, dass er keine Sekunde daran gezweifelt hatte, dass der Winter erfolgreich ausgetrieben wurde.

Entlang der Hauptstraße wurden die Fensterläden geöffnet, und so mancher war bereits in winterlicher Tracht unterwegs zum Kirchberg, wo die Feierlichkeiten zum Dreikönigstag ihren Anfang nahmen.

Dort hatten sich bereits Jäger versammelt, in ihre beste Tracht gekleidet und mit ihren Gewehren auf den Schultern. Mit den Schüssen wurde das neue Jahr heute noch einmal feierlich begrüßt, und ebenso sollten die lauten Geräusche den Winter vertreiben.

Der erste Schuss fiel und Theo zuckte so stark zusammen, dass Florian die plötzliche Bewegung neben sich fühlte. Es war nicht das erste Mal, dass ihm auffiel, wie sehr sein Freund allzu laute Geräusche verabscheute. Am letzten Tag des Dezembers hatte er bereits gemerkt, dass jeder Böllerknall den anderen jungen Mann zusammenfahren ließ, obwohl die Geräusche bereits von der Distanz zum Berg gedämpft worden waren.

Diesmal waren sie viel näher, denn auf dem Kirchberg standen die Schützen mit ihren Gewehren und schossen in den Himmel. Die Glocke hoch oben im Kirchturm läutete, und jedes Läuten wurde von einem Schuss begleitet. Jeder Schuss ging mit Theos Zusammenzucken einher, bis er sich schließlich die Ohren fest zuhielt und die Augen zusammenkniff, als ob ihm das zusätzlichen Schutz gewährte.

Florian wollte etwas tun, doch wie so oft wusste er nicht, was Theo helfen könnte. Stattdessen zählte er die Schüsse, bis der letzte verklungen war. Erst dann griff er sanft nach Theos Händen und zog diese von den Ohren des jungen Mannes weg.

„Bist du sicher, dass du den Perchtenlauf sehen willst?", fragte er zaghaft.

Theo nickte entschlossen.

„Es ist nur... zu viel, manchmal", erklärte er leise, begleitet von einer hilflosen Geste, als er seine Hände sachte aus Florians Griff befreite.

Oben am Kirchberg begann eine Blaskapelle zu spielen, und die Straßen füllten sich mehr und mehr mit den Dorfbewohnern.

Sie beschlossen, im nächstgelegenen Gasthof einzukehren, in dem bereits reges Treiben herrschte. Die Dorfältesten hielten sich nicht gerne draußen in der Kälte auf und saßen lieber bei einem Bier und einer Haxe zusammen. Einer der Herren, der seinen Hut neben sich auf dem Tisch liegen hatte, blickte auf, als die beiden jungen Männer den Gasthof betraten.

„Theo! Und Florian, euch beide habe ich ja schon lange nicht mehr gesehen." Hans Stiegel lächelte die beiden einladend an und winkte sie zu sich, auch wenn die anderen Männer am Tisch sie misstrauisch musterten. Der alte Jäger erinnerte sich ebenso wie die Jungen noch allzu gut an die Geschehnisse im Herbst – ebenso, wie er sich an Theos Großvater und Urgroßvater erinnerte. Anders als die meisten Dorfbewohner begegnete er den Kaisers nicht mit Verachtung: Sie taten viel für das Dorf, was anderen schlichtweg verborgen blieb.

„Kommt und setzt euch zu uns."

Florian und Theo tauschten einen Blick, aber folgten der Bitte schließlich – auch wenn Theo dies deutlich zögerlicher tat als Florian. Die anderen Männer rückten zusammen und machten ihnen Platz, während Herr Stiegel ihnen ein Bier bestellte.

„Alles in Ordnung am Berg?" fragte er Theo, der nur stumm nickte.

„Es ist immer gut, wenn die Nächte vorbei sind. Etwas liegt in der Luft, in den Rauhnächten."

Erst dann wirkte Theo etwas bereitwilliger, sich mit Herrn Stiegel zu unterhalten. Er begegnete Fremden stets voller Vorsicht – Florian hatte diese Erfahrung bereits gemacht.

„Sie ist unruhig", sagte Theo nur, und blickte Herrn Stiegel an. Dieser verstand und nickte. Keiner von ihnen würde die Bärin beim Namen nennen – nicht, solange es im Dorf immer noch viel zu viele gab, die die Bären tot sehen wollten.

„Seltsame Zeiten. Ich spür's in den Knochen. Aber jetzt trinkt. Werdet ihr den Perchtenlauf anschauen?"

„Deshalb sind wir hier", antwortete diesmal Florian und rieb seine kalten Hände zusammen, als die Kellnerin zwei Krüge auf den Tisch stellte. Er ging nicht oft allein in eines der Wirtshäuser, denn er fühlte sich häufig noch fremd im Dorf – was er schließlich auch immer noch war.

Er fühlte, wie Theo neben ihm auf der Bank hin- und herrutschte und sich offensichtlich nicht wohl fühlte, denn nur Herr Stiegel schien den beiden wohlgesonnen zu sein. Doch bereits nach kurzer Zeit entschieden die anderen Dorfbewohner, dass man sich auch in Answesenheit der Fremden in ihrer Mitte weiter unterhalten konnte, und sie nahmen ihre Gespräche wieder auf, wo sie abgebrochen waren.

Kapitel 16 – Perchten

Die höllischen Laute, die durch die Straßen und Gassen des Dorfes hallten, ließen das Glockengeläut der zehnten Rauhnacht harmlos klingen. Schwere, trampelnde Schritten, klirrende Ketten, schnalzende Peitschen und dröhnende Glockenschläge und Schellen begleiteten den Lauf der Perchten, die sich ihren Weg durch das Dorf bahnten, um den Winter und dessen Dämonen auszutreiben.

Ihre Kostüme waren handgenäht aus Fellen und aus Leder, ihre Masken schreckliche Fratzen aus Holz, deren tiefe Furchen und leere Augenhöhlen durch die Fackeln am Wegesrand noch mehr betont wurden. Sie heulten und knurrten, sie schrien und lachten, während die Dorfbewohner ihnen dabei zusahen.

Florian erinnerte sich daran, wie der Heilige Sankt Nikolaus das Gutshaus seiner Eltern einmal besucht hatte – den Krampus und einige Perchten im Schlepptau, deren Hände mit Ketten zusammengebunden waren. Mahnende Worte hatte der Nikolaus an ihn und die Kinder der Bediensteten gesprochen – man möge stets brav sein, sonst bekomme man nur Kohle, oder gar Rutenhiebe vom Krampus und seinen Helfern.

Florian hatte damals schon Probleme gehabt zu verstehen, dass sich hinter den dämonischen Masken Menschen befanden. Nun, sicher weit mehr als zehn Jahre später, fiel es ihm immer noch sehr schwer.

Theo und er standen nicht am Wegesrand – sie saßen auf einem der Kutschböcke der dort geparkten Kutschen, die Beine angezogen und Heu unter dem Hosenboden. Von hier hatten sie einen guten Blick auf die Geschehnisse, ohne dass der Lärm oder die Nähe der Perchten, die den Winter allein durch ihr Geheul vertrieben, zu viel für Theo wurden. Bis zur Dämmerung hatten sie gewartet – erst dann ging der Perchtenlauf durch das Dorf los. Es war ein Schauspiel der besonderen Art, so viel war sicher.

Und Florian kam es vor, als ob das Geheul und der Lärm nicht nur den Winter, sondern auch die letzten Reste der tiefen Traurigkeit, die seinen Blick getrübt hatte, hinfortjagten. Weit weg, über die Seen und Berge, bis nur noch die Erinnerung daran wie ein Schleier über seinem Herzen lag.

Leise lächelte er vor sich hin, während Theo stumm den Ungetümen bei ihrem Treiben zusah.

Er wirkte immer noch angespannt, und obwohl sie hier in Sicherheit waren, merkte Florian, dass sein Freund sich bei jedem zu lauten Geräusch etwas zurückschreckte.

Als er zur Seite blickte, konnte er Theos Profil gegen die hellen Lichter der Fackeln und Laternen im Dorf sehen – die scharfen Züge, die durch die Schatten noch betont wurden, und die dunklen Brauen, die stets ein wenig besorgt gerunzelt schienen. Bevor Florian wirklich darüber nachdachte, was er tat, griff er nach der Hand des anderen jungen Mannes und drückte diese leicht.

Die Stille zwischen ihnen lag schwer, als er spürte, wie Theo seine Finger anspannte. Er sah Florian an – ein wenig hilflos, und ein wenig verlegen – ehe er seine freie Hand nahm und die Finger des anderen entfernte. Zaghaft, und dennoch bestimmt. Für einen Moment hielt Theo jedoch inne, und seine eigenen Finger strichen über Florians Handfläche, bevor er die Hand des anderen auf dessen Oberschenkel ablegte.

„Nicht... nicht jetzt."

Es war schon alles schwer genug für Theo, der die Ruhe des Berges gewohnt war. Florian respektierte seine Entscheidung, und doch fühlte er, wie seine Wangen schamesrot brannten.

Sie blieben noch eine Weile auf dem Kutschbock sitzen und betrachteten das Schauspiel, ehe es Zeit für Theo war, sich auf den Rückweg zu machen. Florian begleitete ihn an den Rand des Dorfes, und am liebsten hätte er ihn auch zurück zum Berg begleitet.

Verlegen standen sie einander gegenüber, bis Theo in seine Manteltasche griff und etwas herauszog, dass er Florian hinhielt. Zögernd griff er danach und hielt den Gegenstand gegen das Licht.

Es war ein kleiner, geschnitzer Bär mit den Zügen eines Bärenjungen – rundliche Ohren und große Augen, kleine Krallen und eine winzige Schnauze.

„Du hattest versucht, einen Bären zu schnitzen. Immerhin hast du jetzt einen, bis du es selbst kannst. Vielleicht... vielleicht klappt es ja beim nächsten Mal?" fragte Theo – und seine Stimme klang dabei sehr hoffnungsvoll.

„Wenn ich noch einmal eingeladen werde", lachte Florian leise, während sein Daumen über die Details des Holzbären strich.

„Danke. Nicht nur dafür, sondern... für alles. Für jede Rauhnacht."

„Du klingst, als ob wir uns nie wieder sehen. Meinst du, du kannst nicht mehr alleine schlafen?" Wie so oft schaffte es Theo, todernst zu klingen.

„Das werden wir sehen... Komm gut nach Hause, ja?"

„Du auch. Und sehen wir uns... am Sonnabend, vielleicht?" Theo schob die Hände in die Taschen und starrte auf Florians Füße.

„Sonnabend? Gerne. Gleicher Ort wie immer?"

„Wie immer."

Florian strahlte und drückte den Holzbären an seine Brust, während Theo noch einen Moment zögerte, ehe er sich langsam zum Gehen wandte und wie ein Schatten in der Dunkelheit verschwand.

Kapitel 17 – Wintersonnenlicht

Tageslicht floss golden in Florians kleine Wohnung im Dachgeschoss der Bäckerei – als ob sich ein Himmelstor geöffnet hatte und göttlicher Schein ihn für einen Moment erleuchtete. Er blinzelte verwirrt und richtete sich im Bett auf, immer noch schlaftrunken.

Die erste Nacht, die er wieder in seinen eigenen vier Wänden verbracht hatte, war seltsam einsam gewesen – genau so wie die ersten Nächte, nachdem er das Anwesen seines Onkels verlassen hatte. Es hatte seine Zeit gebraucht, bis er sich daran gewöhnt hatte, dass niemand außer ihm durch diese Räume lief. Abgesehen von den Mäusen, die sich manchmal hierher verirrten.

Florian war ein passabler Mäusefänger geworden, seit er hier eingezogen war.

Doch in den vergangenen Nächten war er zu den gleichmäßigen Geräuschen von Theos Atem und dem Heulen des Windes rund um den Rauschberg eingeschlafen. Die Stille, die ihn nun wieder umgab, war beinahe genug, um ihn zurück in den

Sumpf der Traurigkeit zu ziehen, aus dem er sich in den Rauhnächten so schmerzhaft gezogen hatte.

Das gleißende Tageslicht half ihm, nicht wieder in diese alten Muster zu verfallen. Stattdessen wagte er es, die Bettdecke zur Seite zu stoßen und seine Füße auf die kalten Bodendielen zu stellen. Es war der siebte Januar, und ein neues Jahr voller neuer Möglichkeiten wartete auf ihn.

Er begann, das Geschirr, dass sich in den letzten Wochen an den unmöglichsten Orten angesammelt hatte, in den Spülzuber in seiner kleinen Küche zu bringen. Dann pflückte er die Kleidungsstücke von dem hölzernen Stuhl, dessen geschnitzte Lehne einen aufrecht stehenden Bären zeigte – ein Geschenk von Theo nach ihrem Abenteuer im Wald im letzten Herbst. Jedes Kleidungsstück wurde begutachtet und nach Flecken und Löchern abgesucht. Nach und nach arbeitete Florian sich durch all die Dinge, die er hatte liegen lassen, während die Sonne auf die schneebedeckten Berge rund um das Dorf strahlte und aus den oft so trüben Wäldern ein wahres Wunderland zauberte.

Zuletzt griff er nach dem Portrait seiner Eltern, das er in die hinterste Ecke verbannt hatte. Liebevoll strich er den Staub von der Oberfläche, ehe er Hammer und Nagel suchte, um das Bild über seinem kleinen Schreibtisch anzubringen. Dort, auf einem kleinen Stapel Bücher, saß nun der Holzbär neben dem geschnitzten Engel, den Theo ihm geschenkt hatte.

Und er versprach sich, jeden Abend eine Kerze anzuzünden und diese ins Fenster zu stellen – genau so, wie Theos Mutter es jeden Abend getan hatte. Sicherlich konnte man das Licht vom Rauschberg aus nicht sehen, doch er hatte sich so geborgen gefühlt, dass er das Gefühl in sein eigenes Heim bringen wollte.

Florian hatte gelernt, dass es in Ordnung war, Trauer zu fühlen – dass Dinge manchmal schmerzen mussten, ehe sie heilen konnten. Die zwölf Rauhnächte waren eine Zeite voller Magie, voller Wandlungen und innerer Veränderungen. Hätte er Theos spontane Einladung, die Nächte auf dem Rauschberg zu verbringen, in den Wind geschlagen, würde er sicherlich immer noch durch dichte Nebel von Trauer und Schmerz wandeln.

Mit einem zufriedenen Seufzer öffnete Florian das Fenster zur Straße und blickte hinaus, wo die Dorfbewohner ihren alltäglichen Aufgaben nachgingen. Und er konnte spüren, dass dieses neue Jahr vielleicht das Beste seines bisherigen Lebens werden würde.

Danksagung

Die Idee zu diesem Buch ist zufällig entstanden – und das es überhaupt so schnell fertig geworden ist grenzt an ein kleines Wunder. Zwischen all den Dingen, die ich in der Vorweihnachtszeit zu erledigen hatte, war jeder Abend, den ich *Rauhnachtsfeuer* widmen konnte, wie ein kleiner Ausflug in die Berge.

Wie auch bei *Rauschberg* möchte ich vor allem Vergil dafür danken, dass meine Geschichten bereits seit meinen Fanfiktion.net-Tagen betagelesen werden. Ich danke Holly Alberich dafür, dass sie die „Ehrenziege" Hildie so sehr unterstützt hat. Lest ihr Buch „Nessel und Feder", wenn ihr schon dabei seid. Und ich danke allen, die mich so sehr auf Instagram unterstützt haben und mich ermutigt haben, das Rauschberg-Universum zu erweitern. Diesmal müsst ihr nicht fragen – ja, es kommt noch eine „richtige" Fortsetzung.

Über die Autorin

Christine Kulgart wurde 1993 geboren und schreibt bereits Geschichten, seit sie das Alphabet in der Schule gelernt hat. Im Rahmen des Young Storyteller Awards 2023 hat sie ihren Debütroman *Rauschberg* veröffentlicht. Sie lebt und schreibt in Ulm – alleine und mit dem Autor:innenkollektiv Schreibfeder. Wenn sie sich nicht dem Schriftsteller-Leben widmet, arbeitet sie als Redakteurin im Marketing und als freiberufliche Redakteurin für verschiedene Fachmagazine. Auf Instagram hält sie ihre Leser:innen unter @tinekulgartschreibt auf dem Laufenden.

Wenn Tannen duften

Eine Weihnachtsanthologie

Das Autor:innenkollektiv Schreibfeder präsentiert seine erste Weihnachtsanthologie mit 22 zauberhaften und stimmungsvollen Geschichten und Gedichten. Der Gesamterlös der Anthologie kommt der Caritas zugute.

ISBN Softcover: 978-3-384-06711-1
ISBN E-Book: 978-3-384-06712-8

Frage beim Buchhänder deines Vertrauens nach „Wenn Tannen duften".

FSC
www.fsc.org
MIX
Papier | Fördert
gute Waldnutzung
FSC® C083411

Zeitfracht Medien GmbH
Ferdinand-Jühlke-Straße 7
99095 Erfurt, Deutschland
produktsicherheit@kolibri360.de